UN VIAJE A DISNEY

Y OTROS RELATOS

MIGUEL YARULL

Miguel Yarull
Un viaje a Disney y otros relatos

La Pereza Ediciones

Un viaje a Disney y otros relatos
© *Miguel Yarull*

© De esta primera edición 2025,
La Pereza Ediciones, USA
www.lapereza.net

Directores de la colección:
Greity González Rivera
Dago Sásiga

ISBN: 978 -1-6237524-4-6

Diseño de los forros de la colección:
Estudio Sagahón / Leonel Sagahón
www.sagahon.com
Portada y Maquetación Julián Herrera

UN VIAJE A DISNEY

Y OTROS RELATOS

MIGUEL YARULL

LA PE RE ZA EDICIONES

UN VIAJE A DISNEY

"Un viaje a Disney lo cura todo"
Sabiduría popular.

Tenemos problemas, lo admito. Pero muéstrame una pareja con más de diez años de casados que no tenga problemas.

Tú entiendes.

Y que no sean los padres de mi mujer, por favor. Malditos viejos nacieron pegados de la cintura, en el 1900. Según mis cálculos, tienen 116 años juntos. El truco del viejo no lo conozco. No ha querido compartirlo. Debe ser que se huele lo infeliz que es su hija a mi lado y prefiere reservarse su "te lo dije" para cuando más le duela en lugar de verla feliz.

Vengo de una casa muy distinta. Mis viejos vivían y peleaban como se vivía y se peleaba en Santo Domingo en los años 80.

Empezaban en la sala o en la cocina. Mi mamá tiraba cosas y gritaba nombres y maldiciones a toda voz. Mi papá, con la suavidad de un mago, mudaba el pleito hasta la habitación, donde luego de un portazo continuaban los gritos por algunos minutos.

Y luego paraban.

Cuando salían del cuarto, el aire acondicionado estaba encendido y mi mamá —agitada por otros motivos, supongo— se arreglaba el pelo y caminaba a la cocina a buscar agua.

Mis padres fueron —en igual medida— felices y miserables por 40 años. Justo como Dios habría querido.

* * *

Los problemas vienen y van. Aunque hace un tiempo que algunos han decidido quedarse.

Tú entiendes.

En el año 1982, mi padre se enamoró de otra mujer. Lo hizo sin ningún tipo de remordimientos ni de discreción. Un domingo por la noche, después del play, se apareció en El Emperador junto a su nueva novia. El Licey le ganaba un City Champ al Escogido con un cuadrangular por el right de Greg Brock, aquel rubio rollizo que cubría primera base y que solo bateaba para la pared. El Emperador estaba repleto. En una esquina del restaurante, la cadena de radio azul iniciaba el programa

Lucky Seven. Dos de los comentaristas, ebrios como era de esperarse, escupían en el micrófono y saludaban en el aire a cuanto fanático les pasaba por el frente. Uno de esos era mi padre, conocido por todos en el lugar y asistente fijo a la tertulia de los domingos, ganase o perdiese el Licey.

Así fue que aquella noche, intoxicado de alcohol y de beisbol, mi viejo se acercó a la mesa, y arrancándole el micrófono de las manos a Comarazamy, le presentó a su nueva novia a todo el país mientras gritaba "¡LICEY CAMPEON, COÑAZO!", en directo y a viva voz, a través de la cadena azul de los Tigres del Licey.

Se llamaba Josefina. Lo recuerdo porque mi mamá movió cielo y tierra para averiguar todo sobre ella. Vivía en San Juan de la Maguana. Se conocieron cuando mi viejo remodeló el ayuntamiento del pueblo. Se veían dos veces al mes, siempre en el hotel Tokio, cuando la mujer venía a la capital. Josefina vivió en los rincones de mi casa por más de dos años. Vivió en cada llamada colgada sin contestar (el teléfono estrellado con rabia contra la base hasta que la campanita sonara); vivió en cada almuerzo servido frío y sin cuidado, y en cada nalgada que mi madre nos encajaba. Josefina fue llamada primero "ese cuero", meses después "esa mujer", y con el paso del tiempo y un viaje a Disney, nunca más fue llamada.

Ahora que tengo 45 años y hago las matemáticas, mi mamá acababa de dar a luz a su cuarto hijo. Mi padre cumplía los mismos 45 años que yo, y es casi seguro que sentía que su vida se le escapaba de las manos.

Felices y miserables.

* * *

Todos somos el resultado de alguna casa.

A veces pienso que tenemos problemas porque Alicia creció en su casa y porque yo crecí en la mía. Ella con sus viejos perfectos, yo con los míos, humanos.

Tú entiendes.

Trabajo contando tornillos. Tornillos y tuercas. Tornillos y tuercas y arandelas.

Es un mundo maravilloso y subestimado el mundo de los tornillos. El universo está sujetado por tornillos. Todo se aprieta y se sostiene por alguna combinación de tornillos, tuercas y arandelas.

A veces, al final de la tarde, me quedo clasificando piezas. Ni siquiera tengo que hacerlo, pero clasificar cosas me da paz. A esa hora hay silencio en el almacén, y solo se escucha el sonido metálico de los tornillos cayendo en las cajas, chocando unos con otros, buscando sus espacios hasta llenar cajas que llenan estantes que llenan anaqueles.

Los tornillos se clasifican por la cabeza o por la rosca. Unificada, métrica, cuadrada, Acme, dentada. Cabeza plana, cilíndrica, ranurada, hexagonal, Phillips.

Hace poco tiempo que tengo una amante. Yo también siento que mi vida se me escapa de las manos. No se la he presentado a nadie, y no pienso hacerlo por ahora. No hemos salido nunca en público y nos encontramos los jueves en lobby del hotel Delta.

Según la amplitud de las estrías, las roscas son de paso grueso, paso fino, paso extrafino y de ocho hilos.

Apago las luces y cierro la puerta del almacén. Son las ocho y Alicia ya me ha marcado varias veces.

* * *

Tenemos problemas, pero muéstrame una pareja con tres hijos y miles de pesos en deudas que no tenga problemas. Tu entiendes.

(¿No? ¡¿No entiendes?!)

* * *

Recuerdo que la primera foto nos la tomamos frente al castillo. Es justo que esta sea la primera foto de cualquier viaje a Disney, aunque nadie te previene que el castillo está vacío y que no se hace nada allí dentro. Es una de las primeras y únicas decepciones que te llevas cuando entras por primera vez a Disney: un castillo vacío.

Las paletas en Disney eran gigantes. Te cubrían la cara completa y lamías y lamías y no terminaban nunca. Los muslos de pavo eran del tamaño de tus muslos. El desfile era largo y maravilloso. Todo era largo y grande y maravilloso, menos el castillo, que era grande y vacío.

Mi papá estaba pagando sus culpas, y eso le costaría muchos dólares. Mis dos hermanos y yo nos aprovechábamos, alentados por mi mamá. Mi hermanita, aún bebé, apenas se daba cuenta de la situación. Mi madre le pidió

a la agencia de viajes —todavía se usaban
agencias de viajes— un asiento para la nena,
aun cuando la llevó en brazos todo el camino.
Mi papá pagó seis asientos en un vuelo de
American Airlines Santo Domingo—Miami.

Solo usamos cinco.

¿Qué parte no entiendes?

* * *

Hagamos un viaje.
No podemos pagar un viaje.
Yo busco el dinero.
¿Para un viaje? ¿Por qué no lo
buscas para pagar lo que debe-
mos? ¿Estás claro en todo lo que
debemos, verdad?
No es cualquier viaje.
¿Me estás oyendo?
¿Y tú, me estás oyendo?
...
Es un viaje a Disney.
¿Por qué?
¿Por qué qué?
¿Por qué ahora?
¿Qué tiene de malo ahora?
No podemos pagar un viaje.

Yo busco el dinero.

¿Para eso?

...

...

¿Entonces? ¿Sí, no, quizás?

No podemos pagar un viaje, Adolfo. Debemos seguro, colegio, casa. Debemos todo.

¿No pueden esperarse?

¿Por qué ahora?

Olvídalo.

* * *

Tenemos problemas, lo admito. Pero muéstrame un hombre de 45 años que esté completamente perdido y que no los tenga.

¿Ya me entiendes?

Son las once de la noche y sigo acomodando tornillos. No necesito hacerlo pero quiero. Este pedido lo he organizado varias veces. Me tranquiliza. Ahora los organizo por forma: hexagonal, Allen, mariposa.

Es la clasificación más obvia de todas.

Los tornillos suenan cuando caen en la caja. clink, clink. Recuerdo aquellos días en Disney. Al final del viaje, luego de un día de fotos con muñecos y montañas rusas, de marearnos en las tacitas y de un vuelo con Peter Pan, mi padre besó a mi madre. La besó cuando salimos de "Its a Small World". El parque cerraba, Pluto arrastraba su cola por el piso y mi madre no quería ser besada, eso también lo recuerdo. clink, clink. Mi padre se acercó y ella lo rechazó sin mucha fuerza, procurando que mi viejo insistiera y así lo hizo: insistió y la besó con mil muñecas de fondo, mil muñecas dando vueltas en un carrusel de agua. La besó sobre una música infinita, la besó con los ojos cerrados, como si entendiera que la vida se le escapa con o sin otra mujer. Qué bonito el mundo es. clink, clink.

Se hace tarde. Ya casi me voy a casa, pero todas las noches hago algo antes de cerrar: saco una tuerca y trato de enroscarla en un tornillo cualquiera. Cientos de miles de tuercas, cientos de miles de tornillos en mi tienda. Escojo dos sin pensarlo y los junto. Algunas noches encajan, pero la mayoría no. Esta noche escojo dos y los acerco. Las estrías del tornillo rozando las venas de la circunferencia, dudando. A simple vista parecería que no lo lograrán, que otra vez me he equivocado, que los números son brutales y casi nunca dan, pero hoy les busco la vuelta y terminan encajando. Los aprieto para que no se pierdan y devuelvo la pareja enroscada a cualquier caja.

Pienso en mi padre. Recuerdo su risa bajando la Montaña del Espacio a toda velocidad. Se reía del miedo. Se reía de todo.

Lanzo otro tornillo a la caja.

¿Me entiendes?

Por favor...dime que me entiendes.

RÊVERIE

El piano había ocupado la esquina de la sala durante los últimos treinta años; la misma sala de la casa que aquel miércoles quedaba completamente vacía. Los de la mudanza habían dejado las paredes desnudas y los espacios desolados, llevándose muebles y cuadros y mesas y camas y espaldares y trastes y adornos, transportados a un almacén en las afueras de la ciudad, apilados hasta averiguar los planes de la familia.

El corazón de doña Violeta no aguantaba ver cómo desmontaban una vida y la tiraban sin cuidado en la parte de atrás de los camiones que entraron y salieron de la marquesina toda la mañana. Se negó a entregar la vieja mecedora en la que había amamantado a sus dos muchachos. Allí, en el silencio de su habitación, Violeta ahora se mecía y arrullaba su tristeza mientras abajo terminaban de desarmar lo que por mucho tiempo fue su hogar.

Cuando todo quedó vacío, Violeta bajó las escaleras y caminó lentamente hasta el Steinway, un instrumento que había dejado de ser madera, teclas y cuerdas y que hacía tiempo se había vuelto su confidente, su remanso, su tercer hijo.

El piano lo vendrían a buscar más tarde las personas que atendieron el anuncio en el periódico, pero mientras llegaban todavía le pertenecía.

Haló el pequeño banco y se acomodó. Se arregló la falda, pisó los pedales y levantó la tapa que cubría el teclado. Tenía meses sin sentarse allí, años sin tocar. Removió la lanilla color rojo que protegía de polvo las teclas y abrió la partitura que descansaba en frente. Rêverie. Aunque Debussy siempre la hacía llorar, el solo acariciar el instrumento de nuevo seguro la confortaría. Las primeras notas sonaron tímidas, ahogadas, sus dedos sintiendo el dolor de los años y de la enfermedad. Violeta miró a su alrededor y el vacío del lugar la aplastó. Entonces el piano pareció presentir su tristeza y cobró vida, las notas sonaron sostenidas y sentidas, como el aullido de un lobo; las manos de Violeta—alguna vez su maldición, por pequeñas y gruesas—despertaron de su letargo artrítico, moviéndose de una escala a otra con elegancia, arqueándose como cascadas, dejando caer todo su peso sobre las teclas que respondían sin reparos al llamado de la partitura. Los arpegios en la mano izquierda sostenían la melodía que lentamente fue trayendo de vuelta todos los recuerdos que vivían dentro de aquellas paredes. Sus hijos ahora aprendían a gatear debajo del piano, por la puerta principal creyó escuchar a su marido —que todavía no había muerto— llegar a la casa y celebrar su primer ascenso, los cuadros y portarretratos aparecieron y la lámpara colgante de lágrimas se movió de lado a lado, flotando en la brisa que ahora entraba por todas las ventanas. Violeta tocó como no recordaba que podía tocar. Rêverie. Un sueño en una tarde de miércoles, en el medio del viejo Arroyo Hondo, dándole vida a una casa agonizante.

Cuando abrió los ojos, su hijo mayor y un señor de barba blanca esperaban por ella. ¿Estuvieron allí todo este tiempo? La pieza había terminado y ambos le aplaudieron con sinceridad. Violeta se sonrojó y cerró el piano con decisión, alisándose la falda nerviosamente en lo que parecía un gesto habitual.

"¿Listz?"

"Debussy".

"Ah, claro", le contestó el señor de la barba.

"Mami..."

"Sí, me lo imagino. Viene por el piano". Quizás sus hijos tenían razón. Quizás necesitaba un nuevo comienzo, en otro lugar, más sencillo, más ligero, el fin de una etapa, el principio de otra. Quizás ahora la atenderían mejor. La vejez también debía tener sus bondades.

El señor de la barba inclinó la cabeza.

"¿Puedo?"

Violeta sintió algo semejante a la ira. Este extraño, este recién llegado, con sus manos sucias de quién sabe qué, sin mayores ceremonias, había venido a posarse sobre su tesoro y a llevárselo lejos. Aún así se contuvo.

"Claro", levantándose, dejando libre el banco que acababa de ocupar.

El señor de la barba recorrió las seis octavas con manos largas y fuertes, cayendo en una sonata de Chopin que Violeta odiaba. El piano, de repente moroso y malcriado, apenas respondía al paso de los dedos.

"¿Y por qué lo venden?" El señor de la barba hablaba sin dejar de tocar el instrumento.

"Mi papá murió hace poco y estamos vendiendo la casa. Mami tiene artritis y no vale la pena llevarlo a mi apartamento, que es donde se va a mudar por el momento". El hijo contestó como si Violeta no estuviese en la sala. La ira se redobló.

"Ah, ya. Sé lo difícil que es separarse de un instrumento, y más de uno tan hermoso como éste".

Violeta miraba por encima de la cabeza del hombre, a través de una ventana que daba a su patio, donde a esa hora los bambúes se llenaban de golondrinas, cigüas y gorriones.

"Mami..."

"¿Qué?"

"El señor te está hablando..."

"Ah, sí...muy difícil".

El señor de barba tocó La Polonesa y Violeta sintió náuseas.

"Pero no se preocupe, mi señora, que su instrumento quedará en buenas manos".

Violeta fingió una sonrisa y se excusó. Recordó que nadie —ninguno de sus hijos— se acercó a preguntarle si aquello era lo que realmente quería.

"Bien, me alegro, pero me va a tener que perdonar, aún me quedan unos vestidos en el closet que tengo que recoger".

Antes de marcharse, recorrió el piano con sus dedos por última vez, como si le estuviese dando una orden, despidiéndose, pasándole la mano por el pelo o por el rostro.

El señor de la barba se levantó del banco y le inclinó la cabeza. Su hijo se sintió orgulloso del comprador que había elegido. Violeta subió las escaleras y se sentó en la mecedora. Veinte minutos después, cuando el camión del transporte llegaba al badén de la esquina y el piano se soltaba de las sogas como perro rabioso, volviéndose polvo contra el asfalto, el negocio fracasaba y Violeta sonreía, tocando sobre sus muslos las mismas notas que había tocado aquella tarde cuando los arpegios y los fantasmas bailaban en la sala de su casa, debajo de la lámpara que de treinta años a la fecha jamás había funcionado, y que en ese preciso momento encendía sus bombillos uno a uno, como una lluvia de lágrimas bajo la cadencia de una melodía que nadie más que Violeta podía escuchar.

INSTRUCCIONES PARA CAVERNÍCOLAS

Para Noé.

L appland se llama la bestia. Pesa cuarenta y seis libras sin armar. No sé cuánto pesará armado, cuando finalmente alcance los seis pies que promete. Es un animal, un gigante escandinavo. Casi lo puedo escuchar respirando, agitado dentro de la caja, listo para el combate que ya casi empieza y que de seguro será a muerte: hasta que pueda levantarlo contra la pared de la sala o hasta que un grupo de instaladores tenga que rescatarme.

Los instaladores solo llegarán sobre mi cadáver. Me he hecho una promesa de que así sea. Solo cuando la sangre de mis manos y el sudor de mi frente no me permitan apretar más las herramientas, entonces pueden llamarlos.

Abro la caja y el gigante parece humear. Pienso en los instaladores, en lo fácil que sería todo. Una semana atrás estarían aquí hace rato, pero después de la cena del sábado en casa de Gustavo, tendrían que matarme.

El pequeño libro blanco pone las reglas. Veinte páginas con dibujos diseñados para que un cavernícola pueda con Lappland. Eso piensan los suecos de nosotros: cavernícolas. Imagino que sus instrucciones traen mandatos gentiles y figuras geométricas dignas de un primer mundo y no de un maternal al que constantemente le sobran piezas. Los instaladores desechan el pequeño libro blanco. Se lo conocen de arriba a abajo. Podrían armar cualquier modelo sin sudar, con las manos amarradas detrás de la espalda y los ojos vendados.

Hablando de cavernícolas, Gustavo también podría hacerlo.

Gustavo y Marie siempre se han gustado. No tengo forma de probarlo, pero es algo de lo que estoy seguro. Dudo que hayan hecho algo, pero de que se gustan se gustan. Nadie conoce a mi mujer mejor que yo, y Gustavo es un troglodita capaz de cualquier cosa. Si no nos conociésemos desde maternal probablemente hoy no seríamos amigos. Hace años que no tenemos nada en común. Gustavo es vulgar, habla alto y liga cada vez que sale, a pesar de estar casado con la mujer más dulce del mundo. Yo respeto a Marie y me respeto. Creo en el matrimonio, en los buenos modales y en la decencia.

Le quito el plástico a la nueva caja de herramientas que he comprado. Tenía tiempo por comprarme una y no hay mejor momento que éste[1]. De todo lo que trae solo necesitaré el martillo y un alicate. Lappland trae todo lo demás. Riego los contenidos del futuro mueble por el piso. Los paneles de madera prensada ocupan casi toda la sala. Abro el libro blanco y en poco tiempo tengo el plan trazado y los tornillos y tuercas ubicados. Será fácil para mí que trabajo en planificación. Desde la galería, Marie se toma una taza de té y me mira incrédula. "Deja que lo veas armado", le he dicho, pero me mira igual. Quisiera que me mirara como a Gustavo cuando dijo que había construido la mesa de la terraza con sus propias manos. A Marie se le iluminaron los ojos y seguramente se le mojaron las piernas cuando el simio habló de cortar, pulir, lijar y finalmente barnizar sin ninguna ayuda el trozo de madera sobre el que comíamos.

---

[1] Esto es una clara mentira. Nunca hubiese pensado en una llave Allen si no hubiese sido por verlos comiéndose desde lejos en aquella cena.

Lappland será mi propio triunfo. A pesar de que es un mueble de televisión más pequeño que la dichosa mesa de Gustavo, los triunfos le pertenecen a cada quién. La noche de la cena no dormí bien. Marie quiso hacer el amor pero yo sabía en quién estaba pensando, así que le dije que me dolía la cabeza. Al otro día estábamos en IKEA antes de que abrieran. Yo quería algo grande y brilloso sin importar lo que fuera; algo que le recordara a Marie que soy un hombre, con ripio propio y con sangre corriendo por las venas.

Nunca me lo reclama de frente, pero sé lo que piensa. De vez en cuando la atrapo mirando mis manos, mis uñas, y sé que piensa que soy un mariconcito al que le han resuelto todo en la vida. Marie arregla el jardín y cambia gomas y lava cortinas. Me reclama si vamos de viaje y pido un taxi. Cree en caminar, en ensuciarse, en hacer las cosas uno mismo. No es que esté mal, pero ya no somos jóvenes, y trabajo muchas horas diarias para poder tener comodidad.

Pienso en esa comodidad mientras ensamblo los primeros tres paneles. Doce tornillos y doce tuercas en un orden específico, según el manual. Esto es mucho más fácil y rápido de lo que pensaba. Creo que he encontrado un hobbie para toda la vida. Pienso en llamar a Gustavo y darle las gracias cuando me doy cuenta que uno de los paneles ha quedado al revés. No es nada. Solo hay que quitar ocho de los tornillos y volver a colocarlos. Sudo un poco, pero no me quejo. Cambiaré el gym de hoy por esto. Me quito la camisa, aprieto el destornillador contra el panel y me siento masculino. Un poco de pelo en pecho me hubiese venido bien, como Gustavo que tiene la cantidad justa, pero tampoco es una tragedia. Soy flaco y lampiño pero Lappland no lo sabe. Lappland está descubriendo lo que es un hombre con fuerza de voluntad.

Uno de los tornillos se ha corrido. El destornillador se me ha resbalado y ha pelado la madera. De paso me he llevado un buen pedazo de piel y sangro profusamente. Casi puedo ver el hueso. He gritado ¡Coño! tan alto que Marie se levantó. Nunca grito. Le dije que no era nada y que no necesitaba ayuda. Voy a obviar el tornillo. El televisor no pesa tanto y un tornillo menos no hará la diferencia. El caso es que he reajustado los tres paneles y solo me ha tomado cuarenta y cinco minutos y un dedo.

Merezco un descanso.

Me levanto y cruzo el apartamento. La sangre chorrea por el piso pero no siento nada. Me voy dando cuenta de lo que Gustavo ve en esto; un sentimiento primordial, primitivo, que no recuerdo haber sentido y que me llena el cuerpo de adrenalina: el equivalente moderno a cazar mi propia comida. Lappland es un digno adversario. Apenas le he pasado la mano y ya me ha puesto a prueba. Llego al tocador y me envuelvo el dedo en una gasa que de inmediato se tiñe de rojo. De la nevera saco un recipiente de agua y me pego sin vergüenza, el líquido chorreándome de ambos lados de la boca, confundiéndose con el sudor y con la sangre que ya mojan toda la casa.

De las próximas dos horas apenas recuerdo flashes. Recuerdo arrastrarme por el piso y encadenarme de nuevo con la bestia. Recuerdo huecos pequeños para tornillos grandes y llaves resbalosas que rodaban por todo el apartamento y se metían debajo de las mesas y de los sillones; recuerdo correr arrodillado detrás de piezas que no sabía que existían, tramos que debieron ir de un lado y que terminaron de otro; recuerdo maldecir y apretar, maldecir y aflojar lo que recién terminaba de apretar;

perder tornillos y romperme uñas, Lappland reía y escupía y me hacía sentir su furia. Se negaba a levantarse del piso, tirado allí como una culebra burlona. Un paso para adelante, dos para atrás. Un tornillo, dos tornillos, tres. Tres tornillos, dos tornillos, uno. Mis rodillas sangraban y mi espalda estaba rota de estar tirado como un cavernícola en el suelo durante tanto tiempo. Entonces entendí que Gustavo se lo metería a mi mujer. Tarde o temprano, cuando yo no estuviese cerca o cuando estuviese en la habitación del lado, o quizás nunca. Pero podría metérselo cuando quisiera, que es exactamente lo mismo.

Lentamente me levanté y caminé hasta la habitación. Lappland no había cedido y yo sí. Busqué en el bolsillo del pantalón el número que me había dado la cajera. Mientras marcaba y la pantalla del teléfono se ensuciaba de sangre, me acerqué a la puerta y la vi arrodillada, apretando tornillos y nivelando bisagras, haciendo con gracia lo que yo no sabía y nunca aprendería a hacer. Cerré el teléfono, me dirigí al baño, abrí el botiquín y saqué el estuche de arreglarme las uñas.

Tenía trabajo.

LOST IN TRANSLATION

El abuelo nunca me ha dirigido la palabra. Le he preguntado a Michiko y me dice que el viejo no habla con cualquiera. Debí ofenderme pero no lo hice. Michiko dice las cosas sin pensar. Le pregunté si yo soy cualquiera y me contestó que "es complicado, tú entiendes".

Es complicado y no entiendo.

He venido aprendiendo pero todavía no entiendo. A pesar de un año juntos, del viaje a Tokyo y de la boda de su prima en Osaka, hay mil cosas que todavía no entiendo. Aún así amo a Michiko. Es lo mejor que me ha pasado. Eso sí lo tengo claro.

Los domingos almorzamos en la casa del viejo. Desde que Michiko me presentó en la familia no hemos fallado un solo día. Al principio fui un tema —esperaban otra cosa y no los culpo— pero han tenido que aprender a soportarme. Michiko es huérfana y testaruda; la familia no solo la complace, sino que no puede con ella. Llevamos postres y me han venido superando, un flan de coco a la vez. En la mesa, la familia entera habla en japonés y Michiko de vez en cuando traduce para mi beneficio. Las cosas que traduce muchas veces no se corresponden con el tono o con los rostros de los familiares. Sospecho que no me está contando la historia completa.

El abuelo bebe whisky, y no cualquier whisky. He visto el bar. Suntoris, Musahis, Nikkas. Lo mejor de lo mejor. Se sirve en un vaso corto y sin hielo. A mí me sirven de otro bar, uno repleto de escoceses de supermercado. Whiskys de boda, les llamo; de los que se ligan con Seven Up y se beben en la playa en vasos de foam.

Una vergüenza.

El domingo pasado la conversación subió de tono. Hablaban tan rápido que Michiko no tuvo tiempo de traducirme. Cuando servían el postre le pregunté qué pasaba y me dijo que el abuelo había tenido problemas con el auto. El mecánico se había aprovechado del viejo y todos en la mesa estaban indignados. "¿Quién es el mecánico? Tal vez lo conozco", le pregunté al señor tratando de dar una mano. Entonces el abuelo se paró de su silla y me miró fijamente. Todos callaron y yo no supe qué hacer, así que esperé. El anciano me contestó directamente, en español y con algo que parecía asco.

"Un negro que vive en el Ensanche Ozama".

Eran las primeras palabras que el viejo me dirigía desde que me conoció y me dejaron de una pieza. Busqué a Michiko con la mirada procurando alguna reacción, pero Michiko me esquivó y se sirvió otro pedazo de flan, como si todo fuese parte de una prueba o de una iniciación.

¿Sería posible?

* * *

En la terraza, el viejo abrió una botella de Hakushu doce años para pasar el mal momento. A mí me sirvieron de una botella de ginebra local que daba para desgrasar motores. Mientras removía el vaso y ahogaba la ginebra en agua tónica, me acerqué al señor.

"Señor Hisao, yo he sido mecánico. Si me permite, conozco su Toyota como la palma de mi mano. Le puedo ser de mucha ayuda".

El viejo me midió de arriba a abajo. Estoy seguro que me dio una calificación en su cabeza, pero no dijo nada. Duramos unos segundos mirándonos en silencio. Sabía que faltaba algo y sabía lo que era. Me di un largo trago de ginebra y le dije lo que el viejo quería escuchar.

"Además... los negros no saben de mecánica".

Paró el vaso a mitad de camino, interesándose.

"De hecho..." —necesitaba requintar, dar el golpe de gracia— "... no saben de nada que no sea vaguear y engañar gente".

No sé por qué dije eso. Desde que las palabras salieron de mi boca me sentí sucio y cómplice de algo siniestro. Me llevé el vaso de ginebra a la boca para enjuagarme el mal sabor, pero el viejo Hisao no permitió que me diera un trago más.

"Pare, Miguel-San".

Por instinto me detuve en seco. Hisao había dicho mi nombre. Me miró a los ojos y estoy seguro que me dio otra calificación, esta vez mejor.

"Pruebe esto". Dándome de su propio vaso y quitándome de las manos el desgrasante.

Dudé un segundo pero Hisao insistió. Me llevé el vaso a los labios y me di un trago. Mis ojos se iluminaron y los del viejo también.

"¿Bueno?"

"Está increíble, señor Hisao".

"Suelte esa bebida y sígames", tirando la ginebra a una jardinera. Juro que vi los helechos envejecer media vida hasta morir. Cerré los ojos y me di otro trago del Hakushu. Mi garganta agradeció el río de terciopelo que ahora sustituía el chorro de lija con sabor a limón que había estado soportando.

"Vamos al patio", mostrándome el camino hacia un hermoso jardín seco en el cual pasaba las tardes de domingo podando bonsais con el cuidado de un cirujano. Michiko se alegró de vernos juntos y me hizo señas de júbilo. Yo debí decirle que aquello estaba mal, pero no lo hice, y seguí al viejo en silencio.

Nos sentamos en un banco y bebimos una botella del mejor whisky que he probado en mi vida. Entonces se hizo de noche y nos marchamos.

* * *

El domingo siguiente llevamos un pastel de nueces y almendras. La conversación en la mesa corría de esquina a esquina, entre sonidos onomatopéyicos y entonaciones de alegría. Habían tenido una buena semana, o tal parecía. Cuando partieron el postre el viejo Hisao me tomó por los hombros y me llevó al bar, no sin antes cruzar frente a la televisión donde pasaban un partido de la NBA. Hisao t miró esperando alguna reacción. Al principio pensé en negársela, en no hacerle el juego, pero una mirada a la fila de botellas y en seguida me encontré cagándome en la raza superior del baloncesto, en lo sucio que era aquel deporte y en lo que hacían con todo el dinero que ganaban aquellos atletas. Hisao sonrió y apagó la televisión, aprobando en japonés mis indecencias. Un minuto más tarde abríamos una botella de Hibiki 21 años destilado por los mismos ángeles, mientras caminábamos hacia los bonsais y hacia otro domingo de ensueño.

* * *

La tarde refrescaba y el Hibiki había sido todo lo que prometió ser; con su final largo y sutil, su olor a miel y a cáscara de naranja, a rosa y a romero. Me sentí elevado sobre el patio, sobre los diminutos árboles, sobre las montañas de gravilla: sobre toda la ciudad.

"Veo que tiene una botella de Yamazaki guardada, señor Hisao".

"Ah, sí. Yamakazi. 25 años. Diez mil dólares. Mejor whisky del planeta".

"¿Lo ha probado?"

"Nunca. Lo guardo para la boda de Michiko", señalándola con el vaso como si yo no la conociera.

La boda de Michiko. Bajé de las alturas y me di el último trago de Hibiki. Creí ver a Hisao mirarme de reojo cuando mencionó la palabra boda. Estábamos muy lejos de eso todavía y sin embargo sentía que el Yamazaki ya era una promesa. ¿Cuántas tardes más de aquellas se necesitarían para abrir la botella? ¿Cuántas veces tendría que hacerle el juego? Michiko me observó desde el interior y me sonrió. Todo estaba cuadrando. El viejo y yo habíamos encontrado nuestro propio terreno entre el whisky, el odio y el bonsai.

"Mejor whisky del planeta", repitió.

Yo bajé la cabeza y pensé en mi madre. Todavía faltaba mucho pero me pregunté si vendría de Nueva York a la boda, si finalmente conocería a esta gente, si se aparecería con sus aretes largos y circulares, sus zapatos de plataforma, con sus trenzas y toda su onda; con mis tíos y mis primos adorados, el lado de mi familia que más quería y que menos veía, los que aún no conocían a Michiko, los que menos se parecían a mí y que hablaban alto y llevaban afros y jugaban baloncesto y vivían en el Bronx: los que soñaban desde chiquiticos con jugar en la NBA.

KM 29 REVISITED

(Con urgencia)

El cruce del kilómetro 29 es peligroso, pensé mientras la lluvia cubría por completo el parabrisas. Cambié la estación porque estaba harto de los programas de opinión.

Sin querer tumbé el estuche de los compactos. El limpiavidrios aceleraba, pero los discos estaban allí en el suelo y había que recogerlos.

Llegué al cruce y la lluvia arreció.

Entonces lloré y me dieron una nalgada y lloré un poco más abrí los ojos y me dieron compota de frutas de manzana que es la que más me gusta y me limpiaron la boca con un pañal que tenía mi nombre bordado y empujé el triciclo por la calzada de la casa de mi abuelo en Gazcue y me dejaron en el maternal y lloré como un muchachito y la masilla se me metía entre los dedos masilla de muchos colores y se me pegaba al uniforme y me compraron un libro Nacho y supe hacer la A y mi mamá tenía minifaldas y un pelo alto muy alto y era preciosa y mi papá tenía patillas y me empujó en una bicicleta con dos ruedas y me caí y me pusieron algo rojo que parecía mentiolé y que picaba tanto que era mentiolé y la bicicleta dejó de tener rueditas yo tuve lentes gruesos muy gruesos de concha y me rompí ese diente del frente cuando me empujaron jugando al topao y no lloré tanto como pensaba que había llorado ni como lloré cuando me llevaron a ver La Guerra de las Galaxias y Darth Vader que ahora salía de nuevo me tapo los ojos duro y no puedo dormir solo porque Vader está en el closet me cruzo a la cama de mami y siento su calor y estoy seguro y mi hermana tiene dientes de leche que ya se le caen mi hermano tiene el pelo chino como un chino y el ciclón David se mete en Santo Domingo ahora todo está oscuro y todos los tíos están en un mismo cuarto y hacen chistes los niños nos reímos y nos sentimos seguros y la ciudad destruida llena de árboles destrozados y por primera vez veo ESPN y es algo mágico porque en inglés no parece televisión y nunca se acaba veo Rocky III mil veces y Poltergeist y me enamoro del cine y eso me dura y me dura y ya casi se me pone dura porque Eduardo me dice que me la jale y me la jalo y me la jalo hasta que abandono porque todavía nada pasa y Virgilio me dice que siga que algo va a pasar y cuando por fin pasa...entonces le pego el primer beso que casi no fue un beso sino un compromiso porque dura un segundo y no pasa nada de lo que tiene que pasar no parece de novelas pero me la sigo jalando y ahora mejora y como en Cinemax le agarro una teta y ella no hace nada y me da fiebre de agarrar teta y aparece un dinero y visas para todos y estoy en Walt Disney por primera vez y nos toman fotos con los muñecos y comemos McDonald's como americanos y un combo deja de ser una orquesta de merengue y estoy pidiendo un combo y casi lloro de alegría y me defiendo porque sé ingles del Domínico que está muy bien para un chamaquito al que le compran un Nintendo y juega Mario Brothers sin parar papapa papanpara pa papapaparanpaparara como un compacto sin fin y acaban de comprarme una batería y me siento completo aunque todavía no puedo darme cuenta que me siento completo pero toco sin parar y un cassette de Rush que no puedo quitar a modern day warrior of a mean mean stride suena por los próximos veinte

segundos y toco y toco y toco y luego Ozzy y
Van Halen toman su lugar y el hijo de puta
que parquea carros en Plaza Naco me tumba
la gorra de Iron Maiden porque soy un chamaquito y soy un palomo y mi mamá se pone
muy contenta porque esa vaina es diabólica
muchacho del diablo y no sabe que es una
contradicción lo que dice y con la ayuda de
mi papá me afeito los pelos blanditos del bigote
aunque sé que ahora me saldrán duros y la
voz es gruesa y en la iglesia del colegio me
gradúo lleno de espinillas y loco por singar
pero no singo porque me botó y ahora lo hace
con otro mayor pero yo no lo hago sino que
no hago nada y voy al cine y a Pizzarelli los
domingos y me meto en Neón a quemar como
un desesperado cuando Willie Colón apaga las
luces a las cuatro de la mañana con Gitana
y De La Paz y todos se quieren ir a acostar
y yo quiero singar porque todo el mundo me
cuenta que vale la pena y la universidad es
mejor porque por fin lo hago y estudio una
carrera que no está mal y todavía peso cien
libras mojado pero todo el mundo pesa cien
libras y no saben lo que quieren pero lo que
sí sé es que soy músico y de rock y toco por
pizzas y refrescos y ahora por tres mil pesos

y entonces le pongo la mano al papel y la canción se escribe y no es tan mala y en tarima
sudo y sudo y bebo cervezas cuando toco y
la gente canta lo que yo escribí y no sé qué
pensar así que también canto aunque sin micrófono porque la voz es horrible y me doy
cuenta que los bateristas no singan tanto como
la gente cree porque ahora son las tres de la
mañana y mientras los otros ya están mojándolo
por ahí yo estoy recogiendo esta maldita batería
y llevándola al carro y eso no se ve cool y no
ligo porque pesa mucho y sudo como un potro
y me gradúo en la cancha de la universidad
y todavía tengo espinillas y la foto con el diploma y con mi mamá que ya no tiene el pelo
alto y mi papá que ahora tiene barriga y mi
hermano que ya no tiene el pelo chino y mi
hermana que ya no tiene dientes de leche sale
enfocada y trabajo en una oficina pero no me
respetan porque me acabo de graduar y ahora
bebo ron en el Country Club donde todos piden
su propio pote y ya puedo pagármelo pero
ahora lo vomito en una cama de flores bellísima
del mismo club y todavía no decido que tipo
de gente quiero ser y los muchachos me mojan
la cabeza mientras vomito ahora afuera de
Café Atlántico donde se juntan freaks y gays

y straights y me da pena no poder volver a vivir la noche que me hizo vomitar porque Café Atlántico es lo mejor que ha pasado por esta ciudad entonces me enjuago la boca y entro de nuevo y mi alegría se redobla porque allí están todos escuchando I just can't get enough y brincamos juntos abrazados y que viva que viva que viva todo pero no griten güebo nos susurra al oído el administrador para evitar un lío y pedimos tequila y es como si sintiera la tequila bajar por mi garganta y el ardor es regodeo y es juventud y es libertad y ya no soy tan joven porque tengo trabajo y obligaciones y me obligan y obligo y el ombligo se vuelve profundo cuando la barriga me crece y el cabello se cae y me enamoro y me acomodo en una casa en un tipo de gente y ya soy un tipo de gente como todos los tipos de gente que es la misma gente y la casa es grande y es muy bella y me caso en la casa digo no en la casa pero con la casa y me canso un poco más y ahora estoy cansado y me meto al agua en una tabla como rebuscando en el viento y encuentro y pierdo y en la playa Encuentro me da una vaina y dejo la tabla y me siento en la arena y que pena que pena que pena que ya no me importe porque tengo trabajo y compro cosas y hago cosas que parecen importantes que no son importantes y me compro un carro que no es tan grande pero es azul y es rápido y lo manejo por la Duarte en un día de lluvia y tumbo los discos y los recojo y escucho el chirrido de gomas y veo el volteo que viene de frente.

Y sin más, paso.

LAS ARENAS NEGRAS QUE TRAJO EL CICLON

L a pobre mujer se ahogó a eso de las doce, a la hora en que el sol colgaba del medio del cielo, justo cuando el oleaje arreciaba y el mar empezaba a descuajar los brazos. Nadie pudo decirle que a las doce en lo hondo solo encontraría problemas. Nuestra madre nos sacó del agua justo cuando TinTín se lanzaba mar adentro a tratar de salvarla. Mami gritaba nerviosa y nos haló de los brazos con fuerza, como si la playa estuviese tragando gente y nosotros fuésemos los próximos. Mi hermano y yo nunca antes habíamos visto un cadáver. Cuando TinTín la arrastraba de regreso, la mujer no se movía. Mi hermano y yo sentimos miedo y emoción al mismo tiempo. Nos juntamos bien juntitos, nuestros hombros tocándose, y por primera vez supe que no nos odiábamos. Entonces Tintín la acostó en la arena y la playa completa acudió a verla. Su traje de baño se había rodado con la marea y con el forcejeo. Sus partes privadas quedaban al aire[2] y algo parecido a espuma o a sal le rodaba por la esquina de la boca. Sus ojos estuvieron abiertos un segundo hasta que TinTín se los cerró, cubriéndole los pechos con ceremonia y respeto, luego de intentar varias veces resucitarla. Mi madre suspiró por la pobre mujer y mi hermano echó a correr hacia la casa. Mi madre le siguió, intentando calmarle, pero mi hermano corría muy rápido. Yo no. Yo me quedé allí parada, viendo el cuerpo sin vida de la mujer tirado en la arena oscura, recorriéndolo de arriba a abajo una y otra vez hasta que TinTín, con los ojos vidriosos, me tocó el hombro mucho tiempo después y me dijo que ya estaba bien, que era hora de irnos.

* * *

Tintín nació en aquel mar, a escasos metros de la orilla. Hijo de un pescador y de una co-

---

[2] Algo pasa con las partes privadas. Son lo primero que entristece desde que el alma abandona el cuerpo.

cinera, el Diablo TinTín nadaba kilómetros y kilómetros desde que amanecía hasta que caía el sol. Nadaba hasta otras playas, haciendo tiempos que no parecían humanos. Llegaba a Palmar de Ocoa en cuatro horas, a Salinas en cinco. Nados extraordinarios en aguas abiertas que conocía como nadie. Por eso cuando entró corriendo al mar todos creyeron que la mujer se salvaría.

Pero no llegó a tiempo.

Tintín también cuidaba nuestra casa. Un viejo chalet clavado en lo alto de una montaña desértica que miraba al mar, en las afueras de Azua. Desde el ciclón todo parecía más desértico y peligroso en aquel lugar. Las escaleras para bajar a la playa eran ridículamente empinadas y estaban bordeadas de piedras y de trozos de botellas rotas. Las palmeras que se salvaron parecían gigantes, flacos y degollados. La playa, una vez mansa y tranquila, se había vuelto un animal salvaje y hondo. Su arena amarilla ahora era negra y los pies nos pesaban al tratar de correr en la orilla. Aún así era nuestra única casa de veraneo y la usábamos hasta que mi hermano y yo nos volvimos adolescentes y nuestros padres se divorciaron y el chalet se convirtió en ruina, como todo el lugar, como nuestra familia.

* * *

Esa noche la cena estuvo callada. Mi hermano no dijo palabra y yo no insistí en ponerle conversación. Mi padre había bebido el día entero y mi madre lucía agotada. Mis tíos y primos, que por lo general ponían la música y el alboroto, se habían quedado en la capital. Cuando salí al balcón todos dormían. El chalet estaba rodeado de guazábaras y cambrones; árboles esqueléticos que se dan en cualquier condición, y que en la oscuridad se mecían muy despacio con el soplo de brisa que amenazaba con refrescar la noche. Me recosté de la baranda de madera y escuché —como hacía todo el tiempo— el mar que llegaba cada diez segundos a la orilla y se cruzaba con los ronquidos que salían por la ventana de la habitación de papá.

"Esa pobre mujer, coño... la maldita arena..."

TinTín, al pie del chalet, también miraba la oscuridad. Sonaba vacío. Aunque no le estaba viendo, podía escuchar cuando se llevaba la botella de ron blanco a los labios y se daba un trago.

"...la maldita arena negra..."

Bajé los escalones hasta el banco donde estaba sentado y lo acompañé. Desde una barra ubicada en la falda de la montaña se escuchaban viejos boleros y el sonido de bolas de billar.

"¿Qué te pasa, TinTín?"

"Este mar ya no quiere a nadie, Albita". Desencajado, dándose otro trago; los bigotes negrecitos, largos y puntiagudos, mojados de gotas de ron que a la luz de la luna parecían escarcha. "Cuando veo que se meten tú y tu hermano, ya no estoy tranquilo".

No supe qué decirle. Después de lo de la mujer yo tampoco estaba tranquila. Ni hablar de mi madre que quería venderlo todo e irse cuanto antes de aquel lugar.

"Este mar ya no quiere a nadie". Continuó, creyéndose responsable de algo que no tenía dueño ni conciencia.

"¿Ni a mí?", pregunté desde mis once años.

"Ni siquiera a mí". Queriendo salvar mis sentimientos. "Le hablo pero no me oye. Me dice que cualquier día me traga".

"Nadie sabe nadar mejor que tú, TinTín".

"Van a vender la casa, ¿verdad?"

No supe qué contestarle y me encogí de hombros.

"Seguro que sí. Como todo el mundo. Maldita arena negra". Se contestó a sí mismo.

Estuvimos en silencio un rato. Quería preguntarle algo desde temprano pero no me atrevía. Quizás porque sabía la respuesta cuando lo vi salir de la playa con la mujer en brazos.

"¿Conocías a la señora?"

TinTín lanzó la botella vacía a un solar lleno de cactus. La botella repicó entre otras tantas botellas vacías, al pie de un caimito.

"Era la mujer de un pescador que anda por allá por Barahona. Un hombre bueno", quitándose la camisa, dejando ver su cuerpo seco y atlético, lanzando las viejas sandalias entre las piedras, como si mi pregunta le hubiese empujado lo poco que le faltaba.

"¿Dónde vas, Tintín?"

"Voy al fondo. A lo mejor a esta hora me oiga".

Sentí un frio en el estómago pero no dije nada. Pensé en decirle que no fuera, que habláramos un poco más, pero no lo hice. No era una despedida. Las despedidas son solemnes y TinTín no daba para ser solemne.

Corrió descalzo por las escaleras de concreto que llevaban hasta el mar. Lo imaginé entrando al agua fría, todo el calor dejando su cuerpo. Lo imaginé nadando los primeros cincuenta metros bajo el agua con facilidad, luego subiendo a la superficie y nadando cien, doscientos, trescientos metros; quinientos hasta llegar al lugar exacto donde alcanzó a la mujer del pescador. El mar estaba en calma. Tin-Tín, uno con el agua, un pez con forma de hombre pobre y digno. Lo imaginé bajando al fondo. Veinte, treinta, cincuenta pies, y tocando la arena, pidiéndole que nos dejara en paz, que sino todo se iría a la mierda y los turistas no volverían y los capitaleños venderían las casas y todos se quedarían solos y sin trabajo. TinTín en el fondo, buscando arena blanca, fina, escarbando por tiempos mejores, los tiempos de antes del huracán. TinTín el buzo eterno. Un minuto, dos, diez minutos bajo el agua. TinTín con aire para un mes. El Diablo TinTín, enredado a mil pies en las arenas negras que trajo el ciclón.

OLOR A MADRESELVA

La tercera nunca quiere peinarse. Tiene el pelo rizo y no le interesa llevarlo lacio. Es única en ese y en otros sentidos. La mamá insistió en mandarla al salón, pero la tercera nunca entraría en eso. Es pelirroja, y su pelo alborotado la hace ver como una hermosa muñeca de Raggedy Ann.

La mayor fue al salón con su tía y estuvo allí tres horas. Cuando regresó, la mamá se dio cuenta que ya era una mujer. Había crecido frente a sus ojos y ahora era una joven alta y esbelta, experta en tacones y maquillaje. La abrazó con fuerza. La mayor no entendió el abrazo pero tampoco se resistió, y terminó abrazándola de vuelta.

El varón fue a la barbería por su cuenta. Ya tiene quince y una tarjeta de crédito. Se mueve por la ciudad con amigos y en Uber. Pronto les pedirá un carro propio. En la barbería lo han recortado apropiadamente, parejo por todos lados, un poco más alto arriba. Le han rebajado la barba —ya tiene barba— y le han adecuado la patilla.

La mamá ha puesto una compilación de Cole Porter en el tocadiscos y se ha servido una copa de Chardonnay. Sentada en el comedor, ha sacado tres álbumes de fotos y los tiene abiertos sobre la mesa. Muchas fotos se han tornado sepia con el tiempo. El Chardonnay es californiano, y sabe a peras y huele a madreselva. La primera copa parece evaporarse en el aire, y la mamá se sirve de nuevo, esta vez llenándola casi hasta el tope.

Los tres chicos se preparan por separado, de maneras muy distintas. Son muy distintos.

La tercera toca un disco de Twenty One Pilots mientras se arregla. La mamá le ha permitido usar su estuche de maquillaje y le ha ofrecido ayudarle, pero la chica le ha pedido hacerlo sola. Con la puerta de la habitación cerrada, la mamá se la imagina conociendo su cuerpo, las ondulaciones, los nuevos picos, mientras se ajusta el vestido y canta y chequea si los amigos le han contestado los chats o si alguien le ha dado like a su última foto de Instagram.

El varón está listo en apenas quince minutos. Trae gelatina en el pelo y la corbata derecha al primer intento. La mamá se sorprende de lo rápido que se ha arreglado y se lo dice. Lo invita a sentarse a la mesa y le ofrece un poco de vino de la copa, que ya va por la mitad. Es la primera vez que le ofrece vino a su hijo, que sonríe, le toca el brazo y le contesta que mejor no. La mamá siente un poco de vergüenza y se pregunta en silencio si ha sido una mala madre por ofrecerle vino a su hijo de quince años. Night and Day sale del tocadiscos y la mamá deja de sentir remordimientos y llena la copa de Chardonnay que se ha evaporado de nuevo; hunde la nariz y el olor a madreselva regresa, esparciéndose como una niebla sobre la mesa, sobre los álbumes de fotos sepias, por todo el comedor.

La grande lleva todo el día preparándose. Quizás todo el año. El vestido, manicure y pedicure, medias de nylon y pestañas postizas. Es la presumida de la familia. Muy probablemente se irá con su novio al final de la noche, así que planifica hasta la ropa interior que lleva puesta. Su habitación es fuera de límites desde que cumplió catorce, hace ya casi cuatro años.

El varón se distrae viendo fotos sepias, y sin darse cuenta le quita la copa de las manos a su madre y se da un trago del vino que había despreciado unos minutos antes. El vino le sabe más a melocotón que a peras, pero el olor a madreselva es el mismo que ahora se ha instalado en todos los rincones del apartamento.

Las dos chicas aparecen al mismo tiempo por el pasillo. La madre se levanta de la silla para verlas mejor y al levantarse casi se tropieza. Debe ser ese vino que se evapora tan rápidamente y que ahora se le cae sobre los shorts de jeans recortados y sobre su camiseta del MOMA que compró en un viaje a Nueva York, hace ya diez años. Es su camiseta favorita. La más cómoda de todas, con hoyos por doquier y el cuello descosido; duerme todas las noches en ella, y no la cambiaría por nada.

El varón se para de la mesa. Es casi la hora. Están los cuatro en el centro de la sala. Se sienten torpes, sin saber bien qué hacer o qué decir. La mamá deja la copa sobre la mesa y admira a sus tres hermosos hijos, vestidos de gala, listos para que los pasen a buscar.

What is this thing called love suena del tocadiscos y la mamá abre la cámara del teléfono. Les pide que se junten, que quiere hacerles una foto antes de que se vayan. El varón en el medio, sus hermanas a cada lado. Les pide que se abracen y los chicos acceden bajo protestas. La mamá hace la foto y la revisa. Allí está. En la cara de sus hijos. Algo que va más allá de la pena. La misma mirada en los ojos de cada uno, queriendo salvarla de aquella noche, queriendo decirle que se cambie, que se ponga hermosa y que los acompañe, que aunque en una hora desfilarán en la boda de su padre con aquella mujer, ella siempre será su madre, el centro de sus vidas; a pesar de todo lo que han pasado, a pesar del sufrimiento y de las mentiras y del desamor y del triste espectáculo de los últimos años, de las peleas y de los abogados y de la custodia, a pesar de haberlos usado en contra de uno y de otro, ellos la perdonan, esta misma noche la perdonan. Entonces suena el timbre y anuncian que el chofer está abajo esperándolos y los chicos le dan tres abrazos separados, uno más fuerte que el otro, y la mamá no quiere dejarlos ir. Aunque lucen elegantes y educados y la van a representar bien, no quiere que la dejen sola. Los chicos salen por la puerta y justo detrás, el olor a madreselva se escapa con ellos, el apartamento se siente desolado y la mamá se deja caer en la silla. La botella de Chardonnay ya está vacía, y la lágrima cae sobre la foto sepia del álbum en la que aparecen los cinco en ese viaje maravilloso a Nueva York en el que vieron aquel musical de Cole Porter que la hizo llorar; la lágrima cae sobre la última foto que se tomaron los cinco cuando todavía eran una familia, abrazados frente a las jardineras sembradas de madreselvas en la entrada del MOMA, diez años atrás.

LA VENGANZA NUNCA ES BUENA
(Mata el alma y la envenena)

L a fila serpentea la cuadra y son apenas las tres de la madrugada.

Al otro lado de Manhattan, en la comodidad de su apartamento, Marino Moquete da la vuelta y se acurruca bajo las frazadas. Aún le quedan seis horas para empezar su trabajo. El compresor del aire acondicionado dispara y coge fuerzas, arremetiendo contra el último tramo que le queda a la noche.

Afuera la madrugada nuyorquina pasa lentamente. Todos saben que no van a avanzar ni un paso hasta las ocho y treinta de la mañana, pero el orden de entrada es primordial para los fines.

Al salir el sol la fila se ha duplicado. Ya para las siete de la mañana se juntan fácilmente trescientos americanos alrededor del consulado. A esta hora, Marino Moquete termina de ver las noticias de su país en los canales hispanos y se tira de la cama con toda la calma del mundo.

Su día ha comenzado.

Luego de un desayuno típico que le suben todos los días desde "Caridad", se ajusta su saco amarillo pollito sobre su camisa de malla tupida, se cuenta los seis anillos de oro que lleva en los dedos (tres de los cuales deletrean su nombre por sílabas), rechequea su maletín, se despide de su esposa con un beso, y sale a representar a su país como cónsul dominicano en Nueva York.

Ha calculado la ruta de llegada al segundo. Para cuando sube la ciento ochenta, a las ocho cincuenta y cinco, se empieza a ver parte del tumulto que a diario se agolpa para solicitar el documento.

Quinientas personas esperan ansiosamente las decisiones de aquel hombre que viaja en un Caprice Classic verde botella en el que Zacarías Ferreira va calentando a bachatazos el día. El futuro de estos norteamericanos reposa a diario en la conciencia —casi siempre justa— de Moquete.

El auto da la vuelta al consulado y llega a la entrada trasera. Jimmy, un rubio mojigato que la embajada le ha asignado como chofer, adelanta rumbo a un estacionamiento vigilado por seguridad federal.

En la puerta, dos guardias norteamericanos esperan al cónsul y lo saludan con respeto. Marino les devuelve con un ligero gesto de cabeza mientras camina hacia su oficina.

En el pasillo le echa el ojo a Manola, una santiaguera secretaria del vicecónsul que lo está sacando de su sitio. Le deja caer la mano en la cintura mientras le siembra un beso en la mejilla. Manola no puede menos que sonreírle y Moquete se alegra de ser el jefe.

Antes de llegar a su oficina da un vistazo a través del espejo de una sola vía. Hay más gente que de costumbre. Pobrecitos. Si supieran que ni una décima parte se irá con visa. Pero el proceso es libre, y mientras tanto, por cada americano que solicite, el señor cónsul coge colita.

La vida es bella.

El despacho de Moquete es un tolete de oficina. Aparte de un escritorio de caoba tallada traído desde Santiago y fabricado por un artista de Licey al Medio, Marino incluyó en la mudanza cinco sillones de gamuza roja (cubiertos con plástico, claro está), tres acuarelas de gallos, su diploma de padrino de la "Liga de Softball de La Otra Banda" y la foto enmarcada de Moquete vestido de oficial de bomberos de la subestación de Villa Altagracia.

Sobre el escritorio, una yaroa traída desde una fonda mocana en San Nicolas le espera para requintar el ánimo. Moquete le mete la mano de inmediato mientras hojea la correspondencia del día con dedos grasientos.

Afuera la gente sufre.

Primero en la fila está Reggie Jackson, como el pelotero. Un negro fuerte y trabajador que llegó al lugar a las once de la noche del día anterior. Jackson trae una retahíla de documentos que avalan que tiene una vida aquí en USA y que no pretende quedarse a buscar algo mejor en la República. Desde cartas bancarias hasta referencias comerciales ha tenido que buscar este hombre del centro de los Estados Unidos para su cita con Moquete. Casi diez horas lleva sentado en una acera en espera de ser agraciado con el favor del César del Caribe.

Detrás de Reggie, una rubia buenamoza llamada Bárbara visita por cuarta vez el consulado sin haber tenido éxito. Ha traído a su más pequeña porque no tiene con quien dejarla en la casa. Es corredora de bolsa en Nueva

York, pero está segura que en algún sitio de la isla le espera su verdadero bienestar. La esperanza es lo único que no ha perdido.

Así como ellos hay quinientos más que diariamente tienen que pagar la suma de dos mil pesos dominicanos para jugar a la gran lotería del rechazo. Ganen o pierdan tienen que pagar y pedirle a Dios o al santo de los viajeros que les iluminen el camino.

Los formularios le llegan por pilas a Moquete, que como un robot los revisa aceleradamente. Ya sabe de memoria qué hay que buscar para que siquiera tengan un chance.

Jackson, Reggie. American. Social Security Number. Bla, bla, bla. Moreno, medio raro, corto de billetes. No tiene familia allá pero aquí tiene menos. Aquí solo cobra desempleo y tiene seguridad social. Te jodiste, Reggie. En la República no necesitamos problemas, sino soluciones. Cantéate y vuelve en dos años.

Próximo.

Jackson, Bárbara. Rubita. Buena para meterle un pedazo, pero tiene todavía más complicaciones que Reggie, porque tiene familia en la República. Su hermana es Testigo de Jehová y hace misiones en Constanza. Ésta cree que uno es pendejo, dizque de vacaciones.

Lo que quiere es quedarse por allá. Como si lo que se da en mi país diera pa' compartirse con estos gringos haraposos. Strike cuatro, Bárbara. Dos mil lágrimas y vuelve en cinco años.

Próximo.

La voz sacó a Marino de su ensimismamiento.

Mouquetei.

Marino se paró de su silla y caminó rumbo a la ventanilla.

Mouquetei, Marino. Si señour. Su visa ha sido rechazada de nuevo. Pour favor, espere dous anios y trate de nuevo. Gracias.

Se escuchó claramente a través de un altoparlante, como para que todo el mundo se enterase.

La voz del verdugo, fría y amplificada, confirmando todos sus miedos.

La mezcla de vergüenza, rabia e impotencia se le agolpan en la cara a Moquete, que trata de componerse, arreglándose su saco amarillo pollito, recogiendo los tres folders de papeles que describen su vida, y despidiéndose de un riquito con el que había hecho la fila y al que de seguro se la darán. Se ajusta los seis anillos que trae en los dedos y toma de las manos a sus dos niñas, a las que no ha podido dejar en la casa con nadie.

Se sacude la nariz con un pañuelo y sale al sol de la Máximo Gómez con César Nicolás Penson a coger una mierda de carro público que lo lleve a cualquier sitio, que le devuelva su vergüenza y su dignidad, que lo recoja de los escalones del consulado y le limpie el polvo y la tristeza; un carro que lo adentre a un tapón en una ciudad llena de tapones, un concho que se lo trague y lo escupa a las entrañas de un país que no da más, mientras se reagrupa y decide en qué yola y por cuál playa es que va a resolver su fracaso de vida.

CITA CON EL MINISTRO

El lunes a primera hora —a las ocho menos quince de la mañana, para ser más exactos— el Ingeniero estacionó su vieja camioneta en el parqueo del Ministerio. A esa hora el lugar aún estaba desierto y las puertas cerradas. El Ingeniero prefería estar allí más temprano que tarde. Su cita era a las diez, pero con el tránsito de Santo Domingo no se puede inventar. Dos horas le pareció una holgura apropiada para no pasar sustos. El novio de su hija menor le había conseguido la cita el viernes pasado, después de muchos meses intentándolo, y no quería jugársela llegando retrasado a la reunión.

Se acercó a las puertas de entrada, se asomó y confirmó que aún no abrían. Le preguntó a un guardián que cabeceaba a qué hora llegaban todos y el guardián le contestó, "Llegan después de la nueve". Le preguntó por curiosidad a qué hora llegaba el Ministro; el guardián se rascó la nariz con el cañón de la escopeta y le contestó, "Ese señor llega cuando le da la gana".

Ninguna de las respuestas lo incomodaron. Si algo tenía para gastar en estos últimos años era tiempo.

La última vez que había ido a una oficina pública por algo relacionado a trabajo fue en el año 1993, meses antes que saliera publicado el artículo, cuando todavía las oficinas se llamaban Secretarías; las palabras Ministerios y Ministros aún fuera de límites. No fue sino hasta la modernización del Estado, ese proceso mágico y vacío en el que se cambiaron las viejas computadoras y se dejaron las mismas intenciones, en que una manada de funcionarios inconformes decidió que, ya que estaban modernizando, ellos también merecían modernidad. Así surgieron los Ministerios y los Ministros, términos Orwellianos, pomposos y rimbombantes, más adecuados para los nuevos tiempos, para sostener cuentas de gastos y placas oficiales de un solo dígito.

El Ingeniero aprovechó el tiempo para apreciar las nuevas oficinas del Ministerio, recién inauguradas apenas dos meses atrás. El diseño de las oficinas —obviamente cocinado allí dentro—pretendía pasar por arquitectura contemporánea, y no respondía a más direcciones que a los caprichos del Ministro, quien supervisó la obra muy de cerca, considerándola uno de muchos legados en su ruta hacia nominarse a la presidencia de la República. Era obvio que el Ministro adoraba el mármol negro, las puertas grises y los cristales verdes. Los utilizaba sin pudor, sin importar el costo o si funcionaban bien juntos. El Ingeniero se preguntó cuánto le había costado al estado todo aquello y de inmediato se detuvo, corrigiendo su actitud. Por este tipo de preguntas —y obviamente por el artículo— llevaba veinticinco años desempleado, sin construir ni siquiera una letrina. Le había prometido a su mujer aprovechar esta oportunidad y jugarles el juego, bajar la cabeza y meterse en la tómbola. Tenía ya setenta años y se le acababa el tiempo.

El dinero se había acabado hace rato.

Regresó a esperar en su vieja camioneta Toyota HiLux del ´86. Bajó los cristales y encendió la radio. Todavía hacía fresco y no se estaba tan mal. Buscó el programa de opinión que escuchaba todas las mañanas para enterarse cómo iban las cosas en el país. El programa tenía la mayor audiencia de la radio. Cientos de oyentes llamaban a diario para quejarse, para repudiar, para agitar. El Ingeniero sintonizaba todos los días, aún sabiendo que lo cogían de pendejo. Desde la madrugada, los panelistas subastaban reputaciones y negociaban tendencias, entre cuñas de desodorantes y anuncios de detergentes. Estos señores pasaban el tiempo en discusiones vacías y manipuladas. Aún así terminaban de trabajar a las nueve de la mañana y hacía tiempo que eran millonarios. El Ingeniero no. El Ingeniero, a pesar de su apellido, había resbalado hasta llegar a clase media baja, con pronósticos de seguir cayendo. El Ingeniero y su integridad siempre a mano. Costándole dinero y puesto y humillaciones. El Ingeniero, graduado de las primeras promociones de la UASD, toda una eminencia en diseño de mezcla y concreto y geología. En la radio, los panelistas discutían la construcción de un proyecto habitacional en la frontera que calmaría un poco la tensión entre la República y su vecino país. Dos de ellos alababan al Ministro por la audacia de sus ideas y por su pragmatismo, mientras los otros dos lo oponían por anexionista y vendepatria. Los cuatro hablaban al mismo tiempo, y así conseguían un ambiente controlado de caos y falso equilibrio que se repetía en miles y miles y miles de radios a la misma hora, en todo el territorio nacional. El Ingeniero se iría a la frontera mañana mismo si el Ministro se lo pidiera, pensó.

Quizás se lo diría en la reunión.

Revisó dos folders amarillos que traía, asegurándose que el dossier de su compañía[3] y su curriculum estuviesen allí. Los había revisado diez veces antes de salir de casa. Estaban ahí, pasados a maquinilla. Su hija los imprimió en computadora, pero el Ingeniero era terco y creía en los curriculums clásicos tecleados en su Corona. Luego de una discusión, quedaron en que llevaría los dos. Los guardó de nuevo y sacó un bolígrafo PaperMate y un Listín y lo abrió en el Sudoku que publicaban todos los días en la sección de Entretenimientos.

Cayó en cuenta que aquel era el mismo periódico que había publicado el dichoso artículo

---

[3] Su compañía no operaba en años, así que inventó la mitad del curriculum a regañadientes, y a sugerencia del novio de su hija menor.

que lo hizo brevemente famoso, y que terminó costándole lo que le cuestan los principios a un hombre en este país.

"Ingeniero Denuncia Irregularidades En Pagos De Cubicaciones".

El titular nunca se le olvidaría. Apareció un martes, en la quinta página de las noticias Nacionales. Un escrito en dos columnas de no más de ciento cincuenta palabras. Su foto también aparecía junto al titular. Se la tomaron en las oficinas del periódico. Todavía llevaba bigotes y una camisa color khaki muy parecida a la que usaba aquel lunes. En la foto lucía serio y agobiado, como alguien que acababa de cometer algo grave. El artículo contaba que hacía meses que no cobraba y que la escuela que construía en Barahona estaba detenida. Cuando le preguntaron la razón, lo pensó un segundo, levantó el mentón, y lo soltó.

"No me pagan porque saben que no voy a darle a nadie un trozo de lo que me he ganado con mi sudor. Y donde quiera que haya un contrato en este país…sépalo que hay que dar un trozo. "

El periodista, boquiabierto, sostuvo la grabadora un rato más frente al Ingeniero, que se secaba el sudor de la frente y aclaraba que ya no tenía más nada que decir.

Fue un artículo escueto, puntual, que perfectamente pudo haber pasado desapercibido sin causar el revuelo que causó. Pero por algún motivo, programas de radio y televisión, noticieros, revistas, editoriales, todos se hicieron eco. De un momento a otro el Ingeniero era el tema de la semana. Alguien gritaba a viva voz lo que cientos antes y después de él habían querido gritar: nuestro mayor secreto a voces. Alguien con voz y bagaje para ser escuchado. Alguien con apellido. Un ingeniero que no podía pagarle a su personal, a las ferreterías, a sus suplidores, por resistirse a la corrupción. Hasta el mismo Presidente de la República se pronunció en la inauguración de un acueducto en la línea noroeste, cuando otro periodista cometió la frescura[4] de preguntarle si había leído[8] el artículo. El Presidente le contestó que conocía el caso, y que en su gobierno no había espacio para corruptos, designando una de sus famosas comisiones a investigar y a resolverle el problema al Ingeniero lo antes posible.

[4] Osadía.

[8] El hombre hacía rato que no podía leer.

Pero las comisiones siempre han sido un gargajo en la cara de la verdad, y esta no fue distinta. El Ingeniero esperó semanas, meses a que alguien lo llamara y le hiciera las preguntas pertinentes, pero nadie lo hizo. Lentamente cayó en la oscuridad de aquel que no se menciona. Si había una lista negra, ahora sólo tenía un nombre: el suyo. Concluyó la escuela y terminaron de pagársela...cinco años después, cuando las deudas se habían tragado todo y algo más; cuando el Ingeniero había perdido los cabellos y los camioncitos de carga y las ligadoras de concreto y todos sus sueños y aspiraciones.

Había aprendido su lección. Lo venció el Estado, parafraseando a otro de nuestros ilustres presidentes. El Estado aplastante y toda su maquinaria. Agua pasada, pensó. Lecciones de vida. Estaba seguro que ya no había lista negra. Veinticinco años después nadie recordaba el dichoso recorte de periódico. En aquel parqueo donde ahora subía la mañana y a su alrededor camionetas del Ministerio empezaban a ocupar sus espacios, el Ingeniero respiraba un aire nuevo, distinto.

Dieron las nueve y entró a la oficina con sus dos folders amarillos debajo del brazo. El

aire acondicionado lo hizo sentir mejor. Iba
bien recomendado y aspiraba a un acueducto,
a un camino vecinal, o en el peor de los casos,
a una supervisión de escuelas. Aceptaría cualquier propuesta, por descarada o sinvergüenza
que fuera. Se presentó con la secretaria del
Ministro, quien odiosa y distraída le dijo que
tomara asiento, que el Ministro estaba retrasado, todavía regresando del interior, y no se
sabía a qué hora llegaría.

El Ingeniero se sentó en una de las sillas
corridas que miraban a una televisión donde
publicidad estatal era pasada de forma inin-
terrumpida. La oficina lentamente se llenó de
personas arrastrando los pies, cargando planos,
cajas, documentos, títulos de propiedad, de-
mandas, licitaciones, pliegos, laptops, cheques.
Cada media hora el Ingeniero se levantaba de
su silla y preguntaba si el Ministro había regresado. Cada media hora la secretaria inte-
rrumpía su conversación telefónica personal,
tapaba el auricular y de mala gana le contes-
taba que aún no, que todavía venía regresando
del interior. Al mediodía la oficina se quedó
vacía y el Ingeniero le preguntó si podía irse
a comer o si el Ministro estaba cerca. La secretaria le contestó que ella no sabía. El Inge-

niero prefirió no jugársela y se pasó la hora del almuerzo sentado en la sala de espera. Todos se habían marchado excepto él, que miraba los anuncios estatales y los recitaba en silencio. El reloj marcaba las dos de la tarde cuando la secretaria regresó. El Ingeniero se levantó de la silla y se apoyó sobre su escritorio, la sonrisa desaparecida, el hambre y el cansancio tomando el control. "Joven, dígame de el Secretario..."

La chica no sabía de qué le hablaban. El Ingeniero volvió a cargar.

"...Dígame del Ministro".

La chica lo ignoró, cansada de contestarle lo mismo, y retomó lo que estaba haciendo antes de irse al almuerzo. El Ingeniero estuvo unos minutos parado frente a ella, incrédulo. Recordó a su esposa, lo mucho que le había pedido que fuera otra persona, que se sacrificara, que bajara la cabeza. Así mismo lo hizo.

"Voy al colmado que está cruzando la calle a comer algo. Por favor...si el Ministro llega..."

Por primera vez la chica pareció escucharle.

"Vaya, cruce...si llega yo le aviso..."

El Ingeniero le agradeció infinitamente el asomo de gentileza y salió al colmado del frente del Ministerio, allí armó dos panes con mantequilla y salami y junto a una Coca Cola fría de botella se mató el hambre. Cuando iba por la mitad del segundo pan, un aparataje de jeepetas lo sacudió. Dos Lexus blancas escoltaban delante y detrás a una Lexus Negra con los vidrios tintados de negro medianoche. Entraron a la parte atrás del Ministerio a toda velocidad. El Ingeniero tiró el segundo pan al zafacón, tomó los folders del mostrador y cruzó la calle corriendo.

Eran las tres de la tarde cuando le llegaba la segunda oportunidad de su vida.

Abrió la puerta de las oficinas y encontró otro lugar: la dejadez y el tedio de la mañana se habían convertido de un momento a otro en electricidad. Todo el mundo tenía un propósito, caminaban con prisa, en grupos de tres y cuatro, planos abiertos, cubicaciones a mano. Entraban y salían de las puertas como coreografiados por el deseo de ser vistos. La secretaria atendía el teléfono, que encendía cientos de luces al mismo tiempo. El Ingeniero se acercó a la chica, que no tenía tiempo para él. Entendió. Ya lo llamarían. Se sentó en la silla y esperó a que todo se calmara. El pan le había dado fuerzas y estaba de mejor humor.

Media hora más tarde, cuando las cosas habían retomado su calma, se acercó a la secretaria de nuevo.

"Joven…"

La secretaria levantó la cabeza como si nunca antes lo hubiese visto.

"Dígame…"

"Eh…el…el Ministro…tengo una cita…"

"El Ministro se fue, señor".

"¡¿Cómo…cómo que se fue?! Usted…Yo le dije…eso es imposible…yo..yo tengo una cita con ese señor…"

"Todas las citas se movieron para mañana, caballero. El Ministro fue llamado de Palacio[6]".

Las venas de su frente brotaron, sus manos temblaban de la rabia. Se compuso y logró salir callado del lugar.

Regresó a su casa derrotado. Toda la familia estaba pendiente del resultado y todos se decepcionaron al escuchar las noticias, pero aún así lo alentaron a regresar. El novio de su hija confirmó con el hijo del Ministro que todo lo que le habían dicho era verdad, lo habían llamado de Palacio a una reunión, le pedían excusas y lo estarían esperando el martes

---

[6] Si hay un término reverenciado, que nunca será cambiado, ese término es Palacio. Ser llamado de Palacio es el sueño de toda carrera política.

para recibirlo. El martes llegó y el Ingeniero regresó, esta vez un poco más tarde. La secretaria le explicó que el Ministro había partido a una inauguración y que regresaba después de las dos. El Ingeniero esperó hasta las tres, y cuando no vio indicios de Ministro ni de electricidad, recogió sus folders y se marchó. Miércoles, jueves, los días se repitieron y el Ministro, aunque aseguraba que lo recibiría, nunca lo hizo. El Ingeniero quería meterse en el juego, quería comisionar y dar el veinte, el treinta...coño, hasta el cuarenta. Tenía setenta años y había cambiado, quería demostrar que podía dejar sus principios a un lado pero la vida no se lo estaba permitiendo.

El viernes llegó al parqueo antes de las ocho. Los folders amarillos ahora arrugados y sucios, las uñas largas, los pantalones sin planchar. El Ministro partía a Romana a las dos pero antes de eso lo recibiría sin falta. El Ingeniero apagó su HiLux y encendió la radio. Las cuatro voces del programa aquel le entraban al aumento de los combustibles. Dos a favor, dos en contra. La misma fórmula de siempre. El Ingeniero miró al edificio y pensó en su nueva rutina. El edificio pareció mirarle de vuelta. El mármol negro combinado con los cristales verdes con las puertas grises. Un adefesio. El estómago le dio vueltas cuando reconoció el sentimiento que tanto había evitado ahora regresar. Sacó el celular y lo pensó un segundo. No habría vuelta atrás. Setenta años. Una vejez en miseria. Algo más fuerte que él marcó los dígitos. Lo pusieron en espera.

Si algo tenía para gastar en estos últimos años era tiempo.

Cinco minutos más tarde, estaba en el aire.

"Buenos días, ¿Cuál es su inquietud?"

Se limpió la garganta.

"A lo mejor ustedes no me recuerden. Yo soy el Ingeniero Vásquez. Aquel que denunció la mafia de las comisiones en el gobierno de Balaguer..."

"Oh, Ingenierooo..." la voz más vieja de las cuatro lo reconoció de inmediato. "Pero claaaroooo que lo recordamos. El de la escuela de Barahona...por allá por los años noventa. Qué honor de llamada. Un hombre serio, carajo. Con cojones que le llegan al piso. Cuéntenos Ingeniero, este programa es suyo..."

Se sintió apreciado. Sus principios, todo en lo que creía, de repente regresaron corriendo, como una oleada de aire que le llenó los pulmones y le dio fuerza a su voz.

"Estoy llamando porque este país se jodió. Este país no tiene salida, mi hermano".

Dos de los locutores estuvieron de acuerdo, los otros dos desaprobaron. El Ingeniero continuó.

"¿Ustedes quieren saber por qué este país se jodió? ¿Quieren saber por qué no saldremos nunca de la mierda en la que estamos? ¡¿Eh?! ¡¿Quieren saber?!"

La pregunta era retórica, pero como sea le contestaron.

"Claro, claro...Ingeniero...este programa es la voz del pueblo... pero cálmese, que suena alterado. Vaya con cuidado...usted sabe...con cuidado..."

"Yo les voy a decir por qué. Les voy a contar cómo son las cosas..."

Su boca salivando, sus ojos enrojecidos, los curriculums, obsoletos y amarillentos, apretados en sus manos.

El guardián del edificio lo miró desde su silla. Escuchaba un radio de pilas, no había comido nada desde el mediodía anterior y pareció reconocer la voz que salía por la bocina.

Rascándose la nariz con el cañón de la escopeta, le saludó.

El Ingeniero tomó aire.

"¿Usted...usted sabe cuánto gana un ministro en este país?" dejándose ir, soltándolo todo, cada indiscreción que se le zafaba al novio de su hija menor, cada interioridad, todas apoyadas por el peso de su voz y por su reputación de hombre serio. Se dejó ir mientras lanzaba los folders por la ventana, el viento llevándose las hojas impresas de su vida por todo el estacionamiento, haciéndolas volar hasta el ministerio, pegándolas contra el mármol negro, contra los cristales verdes, contra las puertas grises.

LA CLAVE

"It wears him out
It wears him out"
Thom Yorke

N adie tiene la clave.
Ni siquiera yo.

He intentado todo y nada funciona.

Intenté lo obvio: su cumpleaños, mi cumpleaños, nuestro número de teléfono, el nombre de nuestra hija, el nombre de su papá, el nombre de su mamá, nuestro aniversario, su matrícula de universidad, la placa de su carro y el nombre del perro.

Intenté Cabarete, Eddie_Vedder y Eddie-Vedder pegado (todo pegado, como ese tiempo en el que Pearl Jam y Cabarete estaban pegados de la cintura, ese tiempo en el que nos pegábamos todo el día de nuestras cinturas). Intenté BreakingTheWaves y de nuevo no entendí como una película tan triste podía ser su favorita. Pasaban "The Birds" en un canal de cable e intenté Hitchcock (seguramente mal escrito). SunsetBoulevard, lo que me llevó a intentar NormaDesmond y BillyWilder. Intenté Amor, Love, AllYouNeedIsLove, ADayInTheLife, LennonMcCartney, McCartneyLennon (lo que me pareció justo para Paul, perseguido tanto tiempo por el dichoso orden de esos créditos, porque hasta las leyendas sufren inseguridades), RubberSoul (que luego he seguido utilizando), Revolver y Pepper. Para descartar al resto de los genios, intenté BobDylan (intenté BobDylan dos veces porque me pareció que podía ser y que sería genial), BlueInGreen y CharlesMingus.

Intenté (con miedo) el nombre del novio que tenía antes que yo y el nombre del imbécil del trabajo del que estaba seguro la pretendía. Viendo viejas fotos de algún otoño, intenté NewYork, NuevaYork, Manhattan y eso me llevó a intentar WoodyAllen, FrankSinatra, FrankGehry y FrankLloydWright. Los caracteres se relacionaban unos con otros como una sopa de letras, describiendo las cosas que rodeaban nuestras vidas, y que terminaban describiéndonos. Palabras que se buscaban una a la otra, como Rashomon, Rushmore y RushAndAPush. JimMorrison, Jimi-

Hendrix, y JimmyDean. Chinaski, Ferlinghetti y Kerouac. Sábato, Cortázar y RobertoArlt (que nombre tan genial). Llegaban en trilogías antojadizas, algunas unidas por la fonética, otras por capricho o por asociación. LeonardCohen llegó sólo, (como seguramente andará por la vida, sólo, sobrio e impecable) e intenté ChelseaHotel y JanisJoplin.

Intenté TigresdelLicey por razones obvias, y luego AguilasCibaeñas porque la vida no es perfecta.

Intenté por el lado de la niña (tenía sentido, pues era lo poco de televisión que se veía en esta casa): Barney, Doki, Dora y Princesa, lo que hizo que pusiera Sabina y Cocaína, lo que hizo que me detuviese a pensar qué me pasaba. Intenté 1234567890, 0987654321. El nombre de su colegio, del cura que le prometía golpes y del que la protegió. Como adoraba las malaspalabras, puse marica, culo, careculo, hijodeputa y cagón. Intenté XOXO (aunque nunca me lo perdonaría por fresa). Vuelve, regresa, notevayas, hastaluego, y por último, parasiempre.

Me cansé de intentar.

Quizás cuando lo escribió, lo había querido dejar dicho. Aunque era imposible saber lo que le pasaría esa tarde, quizás lo presentía y quería recordármelo para siempre.

"La vida es lo que te pasa mientras haces otros planes".

La frase de Lennon más abusada desde "Imagine all the people", pero que se ahorra la cursilería y la reemplaza con urgencia. La mejor frase de Lennon desde "I am the eggman". Una frase que se niega a ser camiseta por más que se lo pidan.

Cuando subo al messenger, seis meses después, todavía esta allí, escrita en piedra Sans Serif.

Entonces, aunque cada vez menos, hago algún intento por entrar a su cuenta, por limpiar el encabezado, por borrar la ironía, por escribir su nombre y "descansa en paz". Pero sé que no podré entrar, que es mucho más que una contraseña lo que me hace falta. No he podido escribir las palabras que la borren de mi día a día, que me dejen solo, que me confirmen que no regresa. Porque todavía no es tiempo, porque al subir al Messenger aún tengo la esperanza de que me hable y me diga que todos esos planes serán realidad, y que la vida aún no ha pasado.

Quisiera pensar que sencillamente no encuentro la clave.

Aunque en el fondo de mi corazón esté seguro que con tan solo escribir mi nombre sería suficiente.

VIENTOS DEL SUR

"A Farewell to Arms" se agitaba como un pájaro herido en la mitad de la carretera, justo encima de la línea amarilla que dividía los dos estrechos carriles. El viento del sur movía las páginas de una tapa a otra, mostrando decenas de pasajes subrayados con marcador rojo. Era una edición en inglés de los años noventa, que incluía los cuarenta y siete finales que Hemingway había intentado antes de encontrar el correcto.

A unos cuantos pies, pero en el paseo, "El libro de la risa y el olvido" había perdido su portada. Aplastaba la "Trilogía de Nueva York" de Paul Auster y una antología de Apollinaire en su idioma original envuelta en polvo, abierta en el cuarto poema secreto que le había dedicado a Madelaine.

Otros libros parecían aferrarse contra los peñascos que bordeaban la carretera, frente a las colinas áridas de Barahona, como esperando a que su dueño volviese por ellos. "Cuentos Completos" de Monterroso, una edición revisada de "La estrategia de Chochueca", una de "San Francisco poems", ensayos de Capote y poesía de Bukowski. "The human stain", "Un mundo para Julius" y varias revistas de crucigramas llenas a la mitad; "Solo cenizas hallarás", "Let the great world spin" y "El viento frío"; una antología vital de Julio Ramón Ribeyro, "Muerte en Venecia" de Thomas Mann y una edición de los cuentos de Chekhov que su padre le había regalado cuando se fue a la capital.

Docenas de libros más marcaban el camino, una especie de yellow brick road en la carretera del sur. El asfalto ardía y las portadas parecían mosaicos de varios colores, superpuestos por un albañil poco diestro pero educado. Burroughs, Wolfe, Hornby y Carver. Henrich Böll, Pedro Peix y César Vallejo: una fila desorganizada hasta el accidente que apenas diez minutos antes sucedía; una fila hasta los heridos en el autobús, hasta el carro aplastado, hasta el metal torcido.

Una fila hasta Ramón.

La multitud que había sobrevivido se asomaba al carro, pisoteando la caja de cervezas en la que Ramón transportaba los libros y que había salido volando por la ventana. Alguien tomó en sus manos una primera edición de "Sobre héroes y tumbas " firmada por el autor, y la examinó. Quizás valía algo. "¡Muchacho suelta eso y ven y ayuda!", le gritó una de las doñas interesadas en sacar a Ramón con vida; la muchedumbre saqueándolo y a la vez tratando de ayudarlo, despojándolo de su reloj y su cartera y sus cadenas, pero también intentando romper el hierro y dejarlo libre.

La señora tenía razón: ¿Quién necesitaba esa mierda cuando había algo de oro y plata y quizás un par de pesos ahí dentro? El tipo se unió a la turba y estrelló el libro casi con asco contra el parabrisas. El libro se abrió contra el cristal y Ramón recordó que lo había comprado en Buenos Aires, la única vez que visitó la ciudad.

Buenos Aires y sus mil librerías. Si alguna vez fue feliz en algún lugar, fue allí, y si alguna vez tuvo algún tesoro, fue aquel libro. Lo encontró caminando por la Rivadavia, en una tienda que certificaba lo que vendía. Para ese momento, todavía era soltero y se gastaba todo en libros. Este en particular costaba el presupuesto de un mes. Negoció lo que pudo con el anciano dependiente, pero desde que lo vio en la vitrina supo que pagaría lo que le pidieran.

"Asombrosa lucidez tengo en estos momentos que preceden a mi muerte..." Con esa elegancia empezaba Sábato el capítulo que quedó pegado al vidrio. Ramón quiso leerlo en voz alta una vez más, pero su boca estaba llena de sangre y su cuerpo perdía fuerzas; el olor a gasolina ahora en su nariz, en su ropa, en todos lados. Cuando gritaron ¡aléjense! los vientos del sur soplaron como no habían soplado desde el ciclón aquel que devastó Barahona. Un tornado de polvo recogió todos los libros del asfalto y los envolvió en un torbellino de letras y papel. Ramón los vio enfilar hacia el cielo azul caliente, flotar hacia las llanuras desiertas, hacia un lugar seguro, donde ni la mano indecente del hombre ni la bola de fuego que ahora lo envolvía podrían tocarlos.

MESAS - NO TECHOS - DE CRISTAL

Qué joder.

La mesa de conferencias tiene el tope de cristal. Dios quiera. Puedes controlarte. Claro que sí. Mira hacia el frente todo el tiempo. Las caras de las personas es la clave. Sabes que debajo hay mucho que ver pero no es lo ideal.

Quizás esa no es la palabra: no es prudente.

El señor Hernández tiene el turno. Espero que esta reunión sea rápida, que este tipo que tengo aquí al lado no se la quiera lucir cuando le toque hablar. Hasta ahora todo va bien, tomo apuntes en mi libreta y trato de no desviar la mirada hacia abajo. Lo que dice Hernández es muy válido. Los sistemas de transporte deben optimizarse en este país. El ahorro de combustible sería algo... algo... algo tan primordial como la forma precisa en que la zapatilla de color rosa encaja en esa belleza de pie de Natasha, que está sentada aquí en frente; esos dedos perfectos pintados de rojo vino se amoldan a la estrechez de la punta, descansando uno sobre otro, amontonados temporalmente, sacrificándose por un fin mayor. Luego la piel blanca, suave, humectada de seguro. Entonces mueve el pie un centímetro y los dedos se acomodan, coqueteando, cerrando y abriendo las pequeñas hendijas que van quedando para descansar de nuevo. Quisiera quitarle esa zapatilla y meterme... meterme el pie entero en... por Dios, viejo, por Dios. ¿Qué es lo que te pasa? Estás en una reunión regional. Aterriza, que pronto será tu turno y esto es importante. Concéntrate, que a nadie le importa tu enfermedad.

(Aunque la palabra enfermedad es injusta cuando tengo todo controlado, como me ha asegurado el doctor).

Fíjate cuán fácilmente soy capaz de enfocar toda mi atención en el vicepresidente de compras, que ahora habla de las importaciones y de la implementación de un nuevo sistema de contabilidad que nos ayudará enormemente con la nueva reforma fiscal y eso me interesa ya que trabajo muy de cerca con la facturación mensual; pero no tan de cerca como quisiera trabajarle a los pies de Melissa, que ahora se asoman por debajo del cristal, a la derecha de mi carpeta, envueltos parcialmente en tacos de piel negra, las uñas de negro, todo de negro. La maldita se ha quitado uno y suavemente se acaricia las plantas de los pies con el otro tobillo, como haciéndose cosquillas para darse un poquito de placer y olvidarse de este fastidioso mundo en el que hay que venir a trabajar en vez de pasarse el día lamiéndole los dedos a mis compañeras hasta desmayarse del gusto. Arriba de la mesa, donde todo es aburrido, el tipo termina con un consejito de autoayuda tipo Robin Sharma que todos saludan y que a mí personalmente me sabe a mierda.

Osvaldo toma la palabra. Osvaldo es un buen tipo y nos llevamos bien. Trabaja en inventario y empieza a proponer un nuevo método para acelerar los despachos. Suena muy interesante, pero nunca tan interesante como los pies maduros de doña Nancy. Está sentada en una esquina y hago malabares para echarles una mirada. Pies que han caminado muchas alfombras, ablandados a golpe de piedras, encajados en tacos blancos, con líneas gruesas y limítrofes. Unos pies que se respetan, pero que piden a gritos que un enfermito les dé lo que se merecen. Las uñas con un pedicure francés, como debe ser para Nancy, que tiene todo el dinero del mundo y unos pies que lo demuestran. Seguro que el esposo nunca los ha acariciado, y si lo ha hecho ha sido una formalidad, viendo la televisión y sobándolos por compromiso, porque Nancy tiene pies insatisfechos, bellos, pero insatisfechos. Con dedos grandes y definitivos, listos para ser chupados o para hacerme... pero Domínguez, viejo, por Dios... presta atención. Ya se te paró, viejo. Contrólate. Estás en la reunión regional. Osvaldo ya casi termina y pronto será tu turno.

Revisa tus notas. Las pequeñas tarjetas te deben devolver a la reunión. Deja de joder y concéntrate, que todos los jefes te están chequeando. Ya estás a prueba luego de que el mes de enero tuvo pérdidas y no las reportaste a tiempo. Es que enero nunca es un buen mes y eso es parte del argumento que vas a defender en cualquier momento, desde que este imbécil que está a tu lado se calle la boca y te toque el turno. En lo que eso sucede se te caen las notas y tienes que bajarte a buscarlas. No te das cuenta si fue un accidente o si fue intencional, pero el hecho es que ahora estás aquí abajo, donde deberías estar. A un soplo de los pies de Natasha, a un paso de los de Melissa, al alcance de los de Nancy. Entonces confirmas que el cristal no les había hecho justicia. Confirmas que Natasha aprieta los dedos de los pies como si tuviese frío y quisiera estar debajo de una frazada, haciéndolo en una cabaña, desnuda pero con zapatillas puestas; Melissa continúa jugando, pero ahora son los dos pies los que se acaricia, frotándolos con la felpa de la alfombra y sintiendo ese cosquilleo que le sube hasta el último pelo de la cabeza; Nancy acaba de abrir discretamente las piernas y te enseña la suela de los tacos mientras los mece sobre sus puntas y ya no aguantas más. Hace rato que no aguantas más. Desde que entraste y viste que la mesa era de cristal sabías en lo que esto iba a parar. Sabías que tendrías que salir corriendo al baño tal y como lo has venido haciendo todos los días desde que entraste a la empresa, tal y como lo hiciste en la última reunión en la que se pasaron los reportes del mes de enero que no pudiste presentar. Pero ahora nada de eso importa. En este lugar nada importa porque no hay nadie que pueda juzgarte. Has cerrado bien la puerta y has callado la voz que dice que necesitas ayuda. Le das a la mano y todo mejora. Ya no estás enfermo porque ya te liberaste. Acabas de dejar en un pedazo de papel de inodoro tu enfermedad. La tiraste a la basura y te lavaste bien las manos.

Ahora entras al salón de reuniones y estás sano de nuevo. Estás listo para explicar las pérdidas de febrero y de marzo. Estás listo para justificar tu incapacidad. Estás listo.

El imbécil que se sienta a mi lado termina su propuesta. Me seco el sudor. Tengo la palabra. Todos esperan por mí. Junto mis apuntes. La muchacha del servicio entra con la bandeja y ocho tazas de café. Trae puestos unos zapatos marrones bajitos de tiritas medio gastados. Sus dedos parejitos y humildes con las uñas sin pintar se me hacen hermosos.

Qué joder.

MUJER AL BORDE
DE UN ATAQUE DE NERVIOS

6:30 a.m.

Me he levantado tarde. El reloj sonó a las cinco y no le hice caso. Seguí oprimiendo el snooze hasta las seis y quince. Me sentía cansada. Hace tiempo que no falto a Zumba. Las chicas me estarán echando de menos en el gimnasio.

Ha tomado un par de segundos pero el sentimiento me llega, así como cuando mami murió: la mañana siguiente, al abrir los ojos, todo parecía normal hasta que recordé que había muerto y como una avalancha de tristeza el mundo me cayó encima.

Pero esto, aunque parecido, se siente diferente. Por algún motivo el mundo no se me ha caído encima.

Quizás después de todos estos años soy una persona más fuerte.

6:40 a.m.

El piso del baño es particularmente frío a esta hora. Siempre olvido las sandalias bajo la cama y termino caminando de puntillas, como una bailarina de ballet. Odio la tapa del inodoro. Es como una babosa helada que se me pega de las nalgas.

Me miro al espejo, me recojo los cabellos y me hago una cola pasajera con una mano, mientras con la otra me chequeo las arrugas que me quedan y las que me he quitado. Abro el botiquín. Aún no me cepillo y ya siento que estoy tarde. El frasco me está esperando. Lo abro y así sin cepillarme me lanzo un Prozac. Es poquito, creo. Me lanzo otro. Nunca hago esto. Primero uso el inodoro, me cepillo, desayuno algo y entonces me lo tomo; pero hoy no tengo fuerzas para rutinas.

Siento náuseas y de un tirón me arrodillo frente al inodoro. Las babosas se me pegan a las mejillas, pero la tristeza puede más que el asco. Luego de varios intentos nada sale. Me quedo un tiempo arrodillada, con la cara muy cerca del agua que se niega a dar mi reflejo.

Me enjuago la boca varias veces.

Quizás no soy tan fuerte como pensaba.

6:55 a.m.

Salgo del baño y le paso por el lado a la cama. Debajo de las sábanas aún duerme. Debo levantarlo o llegará tarde. Desde aquí lo oigo roncar. Desde aquí veo su pelo negro desarreglado y la pijama Ralph Lauren que le regalé en St. Croix. Todavía lo quiero. Creo. Pienso en despertarlo.

Que se joda.

Decido —en cuestión de un segundo- que a partir de hoy seré una mejor madre. Me ocuparé más de mis hijos, les cocinaré desayuno, revisaré sus tareas y sus amistades. Reconozco que he estado ausente. Quizás todavía tengo tiempo para entrar en sus vidas. Se sorprenderán de verme pendiente y las cosas cambiarán. Hoy mismo empiezo. Los llevaré al colegio.

No los he llevado en años.

7:20 a.m.

En la mesa de la cocina Anita y los mellizos mastican una tostada con los ojos medio cerrados. Retomaré mis clases de cocina con Giovanni y dentro de poco les prepararé un desayuno como manda. No he podido ir al supermercado, mejor dicho, nunca he ido al supermercado desde que nos mudamos en este penthouse, y no hay jugo. Tienen que tomar agua. El Mello se da cuenta y se queja.

Pienso en excusarme pero tampoco es para tanto.

El desayuno concluye cuando los tres anuncian que si no salimos van a llegar tarde.

7:55 a.m.

En el semáforo de la esquina de la Nuñez con Anacaona siempre hay que esperar. La fila de automóviles que se detienen a dejar muchachos frente al colegio da la vuelta a la cuadra. Todos choferes, vestidos de corbata, haciendo su trabajo en silencio, como debe ser.

Una esponja mojada rueda por el cristal delantero; lanzada por un pordiosero me ha hecho derramar la taza de café encima. Pienso que para ser mejor madre no hay que levantarse tan temprano ni hacer esta fila. Hago una nota mental de conseguir otro chofer lo antes posible.

En el asiento de atrás, los mellizos juegan algo en sus tabletas y Anita se pierde en sus audífonos.

7:58 a.m.

Los muchachos se tiran del carro y ni siquiera se despiden. Bajo el vidrio, pero no alcanzo a decir nada. Los veo arrastrar sus pies, pasando por la garita de seguridad sin saludar a nadie. Están cansados. Viven cansados. Empieza a lloviznar y les grito que se cubran pero no se dan la vuelta.

Quizás esto también me lo he ganado.

8:00 a.m.

Subo el vidrio y me permito recordar que el chofer que trabajó para nosotros durante diez años, alguien a quien consideraba un empleado cercano, justo anoche me confesó que mi marido tiene otra mujer. Otra mujer con la que tiene una hija. Lo dijo con ganas, casi con alegría, como si me estuviese clavando un cuchillo, subiéndolo y bajándolo por mi pecho, describiéndome a la mujer y a la niña con detalles que no le había pedido.

No le creí. Le dije que se fuera ahí mismo, que no quería verlo más y que si pensaba que lo iba a liquidar que primero me gastaba la fortuna mía y la de mi marido en abogados.

Mientras salía por la puerta de la cocina, gritó que a veces le manejaba a la mujer, quien de paso era más decente que yo, y que le llevaba la niña a cumpleaños y a Jumbo y a La Sirena cuando me iba de viaje.

Todo esto me lo ha contado porque después de diez años, mi marido no ha querido subirle el sueldo. Mi marido, millonario de cuna, no quiso complacerlo. Terminé yo pagando.

11:30 a.m.

He acumulado cinco kilómetros en la elíptica del gimnasio y ni siquiera me di cuenta. A esta hora el gimnasio me desagrada. Está vacío y me siento más sola de la cuenta; además no conozco a nadie más que a Ricky y a Joanna y para decir verdad, no me caen bien. Ricardo usa ropa demasiado apretada para ser hombre y unos Reeboks lumínicos demasiado chopos. Tiene meses queriendo llevarme a la cama, y tengo meses haciéndome la pendeja. Quizás es el momento del aceptarle la oferta y vengarme de mi marido.

Me imagino haciéndolo con Ricky, quitándonos la ropa y haciéndolo sudados, pero esto sólo dura dos segundos. Pienso en los Reeboks lumínicos, encendiendo en la oscuridad, y siento un poco de asco.

Me imagino haciéndolo con Joanna. Esto dura tres minutos.

Solo espero que la mujer no sea fea.

12:06 p.m.

Debería ir camino a casa, pero manejo sin pensar. María seguro está sirviendo la comida y mi marido sentándose a la mesa. Almorzamos temprano. Quizás pregunte por mí, quizás no. Las probabilidades son exactamente las mismas. Del radio sale algo que no me molesta pero que tampoco me importa.

En la barra del gimnasio me he tomado una batida de melón y granola que me ha hecho bien. No he prendido el celular en la mañana entera. Si me han llamado no me han conseguido. Los niños salen a las cinco. Tengo tiempo para todo. Tiempo para mí. Debería sentirme libre.

No siento libertad. Si lo pienso bien, no siento nada.

1:05 p.m.

A un lado de la carretera que lleva a Baní, me he detenido y he salido corriendo del jeep. Nadie me persigue y no me pasa nada, pero necesito echarme a correr. Con la prisa tropecé contra el asfalto y me pelé ambas rodillas. Detuve la caída con las manos y ahora sangro de todos lados. Poco, pero de todos lados.

Crucé unos alambres de púas que me rasgaron la sudadera y parte de los brazos y la espalda. Sentí que se me clavaban y no hice nada por detenerme. Cuando finalmente los crucé eché a correr hasta que caí entre la maleza. La maleza aún huele a lluvia y se siente como una cama. Me suelto el cabello y me lo halo fuerte y me rozo las heridas con las uñas. Hacía tiempo que no intentaba hacerme daño, pero halarse el cabello y arañarse las heridas no es lo mismo que hacerse daño. La puerta de la Range sigue abierta. A lo lejos escucho a Stevie Nicks. Huele a mierda de vaca.

"Stand back, stand back.
In the middle of my room
I did not hear from you..."

Me quedo tirada un largo rato. La sangre no para de rodar. Poca sangre, pero de todos lados.

Miro el cielo. Las nubes se vuelven formas. La maleza cede debajo de mi cuerpo y una fila de hormigas me pasan por el lado, ignorándome.

3:03 p.m.

Voy de regreso. He tenido suerte porque no me ha pasado nada. No me han atracado ni me han violado en aquel campo de Baní,

con todo y lo cerca que estuve de la carretera.
A la Range tampoco le ha pasado nada. Varios
motoristas se detuvieron a ver si pasaba algo,
pero tuve suerte que siguieron sin hacerme
daño. La sangre se detuvo hace una hora y
las heridas y rasgaduras apenas me duelen.
Dudo que se infecten, pero una nunca sabe.

Un puesto de frutas me llama la atención
y me detengo. Desde aquella batida no he comido nada.

Me como un trozo de lechosa deseando
con toda mi alma que la mujer se muera, aunque me da un poco de pena la niña.

3:43 p.m.

Llego a la ciudad. Me arreglo en el espejo.
Me retoco la boca y me pongo un poco de base
en las mejillas. Voy a cruzar frente a los restaurantes de la Gustavo y nunca se sabe quién
puede estar sentado afuera.

Enciendo el celular y de inmediato entra
una llamada de mi marido y decenas de correos
de voz. Deben estar muy preocupados. Todavía
me queda una hora y algo para la salida de
los niños. Tengo tiempo.

No contesto el teléfono, aunque pretendo
hablar mientras cruzo la avenida.

4:14 p.m.

Llego al frente de la casa y me tomo otra pastilla. Dos más. Desde las seis no he tomado nada más que aquel Prozac y siento que la necesito. Son las cuatro. No sé si estará aquí a esta hora. Me quedan treinta minutos para esperarlo y preguntarle sobre la mujer, pedirle explicaciones, calmada pero firme, sin shows. Media hora para averiguar todo y luego salir a buscar a los niños.

Tengo suerte, porque en ese mismo momento se asoma por la ventana. Se sorprende, pero a la vez parece que se alegra de verme. Yo también me alegro de verlo. Pensaba tocar bocina o mandarlo a buscar con alguien pero no será necesario. Tengo tiempo para todo.

Sale y se acerca lentamente a la Range. Bajo el vidrio mientras decido por dónde empezar. ¿Cómo la conoció? ¿Dónde? ¿Cuándo? Total, ya no hay mucho que hacer más que aprender a vivir con todo aquello. Se acerca a la Range y lo veo sonreír. Me hubiese gustado verlo compungido, arrepentido. Esta sonrisa no me la esperaba. Es casi...altanera. Si la pastilla me ayudara, quizás pudiera sobreponerme a su insolencia, pero me la he tomado hace apenas dos minutos y estoy segura que no me ayudará.

Ahora se recuesta del jeep y me llama por mi nombre. Lo próximo que dirá es que no puedo vivir sin él, a lo mejor piensa que vengo a rogarle que regrese. La sonrisa me lo confirma. Me llama por mi nombre. Nada de doña ni de señora. Mi nombre y la sonrisa insolente. La pastilla no me ayudará porque la pastilla no funciona contra faltas de respeto.

Abro la guantera de la Range y saco la .45 que tuvo que entregar cuando renunció. Ya no tengo ganas de hablar. No me interesa nada de lo que pueda decirme. Intenta cubrirse, pero no le da tiempo. Halo el gatillo y le pego un disparo entre los ojos que dos días después terminará matándolo.

4:16 p.m.

Escapo a toda velocidad manejando hacia cualquier rumbo. Estoy sorprendida y orgullosa de lo que he hecho. A mis cincuenta, soy capaz de sorprenderme. Mis manos tiemblan, y mis ojos se llenan de lágrimas pero no estoy llorando. Me veo en el retrovisor y aunque parezco estar dando gritos, en realidad no estoy llorando.

El navegador me ayuda a salir del laberinto de callejones que es el barrio de Herrera. Todos los semáforos están en verde, y los que no están me los vuelo. La Range se comporta bien cuando se sube a las aceras. Se está haciendo tarde para buscar a los niños. Enciendo un cigarrillo con la mano temblorosa y caliente con la que empuñé el arma, mientras reconozco que era un buen chofer, muy querido por los niños, diligente y respetuoso. Hacía la compra de la casa, era confiable con el dinero y hasta entendía algunas palabras en inglés.

Quizás no se lo merecía, pero pienso en el puesto que se coge el servicio cuando uno se lo permite, y me molesto de nuevo.

4:24 p.m.

Estoy más tranquila.

BICHÁN

(Surfer Carabela)

Mierda coño, Bichán. Sube esa vaina. La guitarra monofónica, punteada y puntiaguda de David Gilmour agujetea el aire cargado y profundo que el humo de la yerba va fabricando, como un muro que sube al techo y se recicla y se pasea por la habitación hasta que lentamente se evapora.

Pan pararan pan pan. Pan pan pan. Par de veces. Entonces Waters, desafinado y desahuciado, lo interrumpe en estéreo.

So, so you think you can tell heaven from hell, blue skies from gray...

Mierda Bichán, Pink Floyd, men. Aperísimo. Eso es música, don. Esa vaina me acuelda un chorro de cosas. Últimamente estoy en recordadera, Bichán. Sube esa vaina un chin más. Tú sabes que cuando Carmen me empieza a joder mucho yo como que me recojo, me da una pálida. Esa tipa, men, esa tipa me tiene al coger el monte. Todo el tiempo jode que te jode. Que si hay que llevar al colegio a los dos chamaquitos que no acaban de crecer, que si hay que ir al maldito Multicentro, que si hay que pagar la luz porque si no la cortan. Mierda, Bichán. Cuántas vainas.

Can you tell a green field, from a cold steel rail, a smile from a veil, do you think you can tell...?

¿Tú sabes cuánto tiempo hace que yo no le pongo la mano a una tabla? Dos años, Bichán ¡Dos años! Jevo, usted me hubiese dicho hace diez años que yo iba a durar dos años sin surfear y yo lo hubiese mandado para la mierda, brother. ¿Tú te acuelda cuando nos tirábamos a las seis de la mañana en Boya, tú, Payano y yo? Esa playa vacía para nosotros, ese olor a cera a las seis de la mañana. Mierda, Bichán. A ripiar hasta las diez, un leñito y tranquilo pa la casa. Ni Hawaii, Bichán, ni Hawaii. Oye, tipo, yo no soy dizque nostálgico pero vengo en baja, men. Coño. Esta jeva me va a reventar el celular. No lo voy a coger, Bichán. Mierda pa' ella.

Did they get you to trade your heroes for ghosts, hot ashes for trees, hot air for a cool breeze, cold comfort for change...

¿Tú te acuerda de todas las carajitas que descojonamos en este país? Mierda, men. Yo llegué a contar diez al mismo tiempo. Entre noviecitas y rompederas, diez. Y eso que yo era tranquilo. Tú arrancabas con diez, bálbaro. Una vez le rompiste la hermanita al Poli, y se puso de necio —ahahaahahaaa—. El poli que no había peleado nunca en su vida, ese palomazo. Si no te lo quitan lo matas, bálbaro. Mierda, Bichán, este leño está como es.

Did you exchange a walk on part in the war for a lead role in a cage...?

Eso es lo que yo te digo, Bichán, que uno se murió y no se lo han dicho. Los otros días me encontré con el Baby. Oye esto, mano. El Baby en un video club, con un bulto de biberones de un lado y la cartera de la mujer del otro. El Baby, ¡un sábado por la noche! Un tipo que acababa en Pizzarelli con todo el que se le metiera en el medio. Oye, porque el baby sí peleaba, mano. Y ese sí se comió carajitas -ahahahahahaaah-. Eso es lo que la mujer mía no entiende. Ella cree que uno nació palomo. Ella me conoció en bajada, Bichán, y ahora me tiene al coger el monte, mano. Mírala ahí llamando otra vez. No voy a coger el maldito teléfono. ¡No voy pa' ningún cumpleaños de Barney con doscientos carajitos! La maqué preñando depue' de viejo, men, yo lo sé. Pero no voy a llevar cena. Mielda e´. Sube esa vaina, Bichán.

El solo acompañado de David Gilmour. Tomándose su tiempo. Con un viento de abandono detrás. Hasta los rockeros lo pierden todo. El polvo en las calles del pueblo que deambula y que ya no fuma pero traga y amanece sin letras como un gran autómata con baterías de lounge, tribal, Future Sound of London y glowsticks.

Ahora to' es un susto. Esta jeva es peor que el viejo mío cuando me metió en Crea. Peor, Bichán. Me lo revisa todo. Una vez me encontró un buche en una gaveta, men, y se fue en una que mejor ni te la cuento. Yo ni le contesté, men. Entonces empieza a joder con que ya yo tengo hijos que están grandes y que no puedo seguir jodiendo con droga, como si la yerba fuera droga, Bichán. Yo no le conté que le encontré pal de patillas a Adolfito y que le di unos golpes que hasta a mí me dolieron. Porque es que no es lo mismo, Bichán. Ese chamaquito lo que tiene son dieciséis, y no es lo mismo que cuando nosotros teníamos dieciséis. Nosotros sabíamos bregar con vainas sin terminar jodidos. Empezamos a los trece, ¿cómo no íbamos a saber? —ahahahahaha—. Le metí la mano que al final hasta pena me dio. Yo nunca me había dao una pastilla de esas pero me puse loquísimo —ahahahahahahaa—. Muchacho. Salí por ahí envuelto en llamas. En siendo bares me metí en todos. Estos carajitos de ahora joden bien, Bichán. Eran las seis de la mañana y yo todavía estaba mirando pa'rriba en la cama. Hasta se lo metí a mi mujer, Bichán. Con lengua y de tó. Depué de eso no me ha dejado metérselo más en dos meses.

How I wish, how I wish you were here...

Ahora me está jodiendo con la vaina del trabajo. Primero era con que bajara la barriga y ahora es con el trabajo. Yo le digo que en este país nadie me quiere pagar lo que yo valgo. Le dije que me iba pa' Punta Cana a meter mano, a alquilar tablas y me dijo que yo lo que quería era irme a joder con surfear y con drogas y con mujeres. O sea, que medio se la llevó. Pero es verdad, Bichán. Yo soy un tipo que hice dos años de administración en APEC. Yo le llevé los almacenes al viejo hasta que me botó. Yo sé inglés. Yo me mato trabajando cuando hay que matarse. Entonces dime tú, ¿me voy a venir a emplear por veinte o treinta mil pesitos cuando en cualquier momento doy un palo que nos resuelve la vida para siempre? No, mano. Es mejor que ella siga trabajando en el banco y resolviendo en lo que yo puedo arrancar algo que sea de nosotros. Mierda, loco. Esta jeva no se cansa de llamar. ¡No voy para mi casa! Hoy es sábado. Esa tipa seguro está viendo a don Francisco. Yo estoy harto de don Francisco, men. Si yo me encuentro con ese viejo hijo de la gran puta en la calle le arranco la cabeza.

We're just two lost souls swimming in a fish bowl, year after year...

Mierda, Bichán, cuántas vainas. Por eso me gusta caerte un ratico aquí, mano. Aquí se está bien. Aquí nadie jode a uno, men. Tú sí te la buscaste, men. Soltaste esa vaina del matrimonio en banda hace un chorro y siempre tas chillin´. Digo, estar solo tampoco es fácil, pero a veces uno no sabe lo que es mejor. ¡Mierda, coño! ¡Esta tipa si jode! Le voy a dar un jondión a este teléfono que no lo van a encontrar ni con escafandras.

Running over the same old grounds...

Pero na', Bichán. Lo que hay es que respirar profundo y cogerlo variado.

What have we found, same old fears…

Oye, ¿tú sabes a qué hora cierran el Multicentro hoy sábado? Yo mejor voy a evitar vainas y voy a comprar algo de cena y pan para el desayuno, para no tener que matar a esta mujer y desgraciarme la vida.

…

Dime…Sí, voy saliendo de casa de Marino. Sí. Ya voy para allá. ¡Ya voy para allá, Carmen!

…

Cuídese Bichán.

Wish you were here.

CASA TOMADA

(Para George Carlin)

A l principio había una casa. La casa era blanca, limpia, vacía.

Pensamos que había que llenarla.

Nadie puede vivir en una casa vacía.

Entonces entramos cosas. Compramos cosas. Aparecieron cosas. Regalaron cosas. Trajimos cosas. Parimos, encontramos, alquilamos y recogimos cosas.

Le dimos historia y significado a las cosas. Las volvimos importantes, imprescindibles, irremplazables. Ocuparon espacios inamovibles, impenetrables, imperturbables.

Hoy hay cosas en todos lados, en todas las esquinas, en todos los rincones, en los techos, en el piso, en las paredes, en las camas, en todas las habitaciones y en todos los baños. Cosas en los baúles de los carros y miles de cosas en los closets que no se abren nunca. Cosas en las gavetas, en los botiquines, en el jardín, en los zafacones, en las hendijas, en los muebles y en los callejones.

Hoy las cosas nos han acorralado, como los fantasmas del argentino, a un pequeño rincón de la casa que una vez fue blanca y limpia y vacía. Se niegan a desaparecer, porque como un buen virus, se reproducen sin que nos demos cuenta.

Hoy las cosas nos han secuestrado en un mosaico del cual no podemos salir, del cual no podemos movernos.

Hoy la casa blanca es un campo minado de cosas.

Para eso hemos trabajado.

WAITING ON A FRIEND

Nunca había sido tan fanático de los Stones. En mi tiempo prefería a Santana o a Three Dog Night, pero ninguno de estos tenía alguna canción que me ajustara como me ajusta esta que suena ahora.

"I'm not waiting on a lady.
I'm just waiting on a friend".

La melodía no se me sale de la cabeza. Ahora que me pongo a pensarlo, sí, fue coincidencia. Tantos años sin verla, ¿cuántos serían ya? ¿Doce, trece? Encontrarla dos veces en una misma semana, ¿cuáles eran las posibilidades?

Tengo que admitirlo, hay veces en que todavía me inquieta lo que hubiese sido. Doce años llevando esa piedrecita en el zapato, esa espinita en el pie. Ella se ve mucho mejor que yo. Me sorprende cómo los años aparentan haber pasado sin tocar su rostro, en cuanto el mío lo devastaron con la violencia de un huracán.

Vodka con naranja, como siempre, como si no hubiese pasado un día. Yo llegando temprano, con mi vieja costumbre; con manía inglesa en un país que trabaja con veinte minutos de retraso.

No me molesta esperarla, de hecho lo disfruto. Es agradable detenerse en un pasado, hojear, desempolvar. Es gracioso como el tiempo todo lo reduce. Todos estos años se han encargado de eso, de reducirnos a imágenes, a olores, a lo bien que lo teníamos. Habría que escarbar demasiado para insinuar las discusiones, las mentiras, el adiós. El tiempo se vende mágico y en esto no necesita ser modesto.

No pude creerlo la segunda vez. Era algo normal que nos hubiésemos encontrado el lunes en la fila del pago del supermercado, ella con la más pequeña montada en el carrito, yo solo, con mi inexperta compra de recién divorciado.

¿Raquel? ¿Adolfo? Sabía que eras tú. Igual, estás igual. ¿Cuánto hace? ¿Nueve, diez? Más, mucho más. Mi niña. Mi compra. La risa —la misma—. Todavía no lo puedo creer. Yo tampoco. ¿Y Armando? Bien, me imagino. ¿Tu familia? Toda bien, gracias. El silencio, las miradas que empezaban a volverse incómodas. Bueno. Bueno. Gusto de verte. Cuídate. Milcientocuarentinueve con treintiséis.

Lo de la librería sí me pareció una señal. Nunca tengo tiempo para desperdiciar una tarde de jueves, pero por algún motivo hoy lo tuve. Encontrarla con "El libro de los amores ridículos" entre las manos, en aquel vestido azul, sin prisas, con tiempo para conversar. Si aquello no era una señal, entonces se pueden ir al diablo la suerte y su sentido del humor.

No tengo claro en qué momento fue que decidí invitarla a un trago. A lo mejor fue justo después de que me preguntó por Mario, mi hermano —dos hijos, el más grande ya es ingeniero civil—. Me contestó que su matrimonio no marchaba, que las cosas no habían salido como ella esperaba, pero que aun así permanecía casada y no estaba muy segura de que un trago sería una buena idea.

Entendí. Quizás era cierto. Quizás no había necesidad de llover sobre mojado. De seguro lo mejor era achacar estos encuentros a la ley de probabilidades y no al encuentro tardío con nuestro destino (¿de dónde sacaba yo estas ideas?). Por eso me sorprendió el escucharme insistiendo sobre la improvisada cita, convenciéndola de que era un encuentro de amigos de antaño, for old times' sake, y que, después de todo, de seguro en algún momento de nuestra juventud habíamos hecho una tonta promesa de que si nos llegásemos a encontrar ya viejos y solos, tendríamos que acceder a por lo menos una copa.

Y aquí estoy, en el mismo bar, con el mismo trago, esperando a la misma mujer. Si esta chaqueta fuese de cuero, y esa canción fuese de David Bowie, cualquiera que entrase juraría que es el '84, que Prince tiene disco nuevo, y que Raquel y Adolfo se casarían al terminar la universidad.

"Raquel y Adolfo se casarían al terminar la universidad".

Estaba todo previsto, todo hablado. Ahora que lo digo y me escucho decirlo me suena tan irreal como me sonaba en aquellos tiempos. Seis meses después de la graduación fueron suficientes. Nunca comprendió bien el por qué, ni yo me molesté mucho en explicarlo. Fue más fácil echarse a andar, la beca, seguir. ¿Cómo hacerle saber que, de haberme quedado, nunca me lo hubiera perdonado? ¿Cómo demostrarle que tenía que irme de Santo Domingo, que tenía que probarme solo, que de otra forma me lo hubiese reprochado toda la vida?

Ahora es más fácil. Desde este vodka y con todo envalijado todo es más fácil. Pero no fue fácil aquel sábado. Nunca me gustaron las despedidas ni los aeropuertos. Fue el último día que te vi en persona hasta el lunes pasado. Vestías de azul, igual que hoy en la tarde. Recuerdo que insistías en que solo eran seis meses y que para cuando yo regresara nos casaríamos. Pero ya todo estaba jugado. Ya sabía que no. Que primero seis meses y después lo necesario para que esto se gastara, para que el desencanto se hiciese cargo y entonces siguiéramos adelante. Yo con mi inseguridad y tú con tu vida. Yo a intentarlo todo, a buscar preguntas (porque de primera entendí que respuestas nunca tendría), y tú a procurar olvido aunque todavía no lo sabías. No sabías que mis llamadas disminuirían hasta cesar y que mis cartas siempre encontrarían excusas para tardarse.

Si te consuela yo tampoco entendía. Nunca entendí pero no me hice muchas preguntas. Aún recuerdo la última llamada. Yo había llegado borracho. Allá eran las dos de la madrugada y aquí las seis. Levanté a tu mamá y por primera vez después de las once de la noche le pedí que me comunicara contigo.

Entonces te hablé, te dije que cuatro meses habían bastado para que ya no supiera nada, que no pensaba volver en poco tiempo, que lo mejor era que no me esperaras. Todo te lo dije sin siquiera pensar que podías estar medio dormida; que lo menos que esperabas cuando te acostaste esa noche (luego de terminar la enésima carta del mes) era que en plena madrugada te ibas a quedar sola, sin boda y sin tus dos hijos, sin espera, sin mi regreso. Preguntaste, lloraste, y no pude explicar qué habías hecho mal cuando me lo pediste. Eso era lo más grande, que todo lo habías hecho bien, que era yo el que estaba jodido, que tú eras lo que yo buscaba, que cuando te tuve me pregunté si no había nada más y que salí a encontrarlo a sabiendas que nunca aparecería, que nunca lo tendría mejor que contigo.

El resto lo conoce todo el mundo. Cuando me enteré de tu boda no me sorprendió en lo más mínimo. Siempre tuve claro que no podías vivir sin estar dándote a alguien, que eras del tipo de persona que no asimila la soledad. Si es cierto que un año no fue mucho tiempo, también es cierto que aquella era mi cosecha, mi paga merecida.

Lo que sí me sorprendió fue Armando. Nunca los hubiese imaginado juntos, aunque nunca te había imaginado con nadie más que conmigo.

No puedo decir que le tuve rencor. Si bien es cierto que había sido mi amigo de tanto tiempo, nunca pude culpar a nadie que se enamorara de ti; por el contrario, admiré su coraje ante todo el mundo. Él sí pudo con los juramentos y fue más lejos, pues tuvo a todos en contra. Pasó a ser el tipo que se casó con la novia de su amigo y no le importó, pues me imagino que te tenía a su lado y eso era todo lo que se necesitaba.

A mí me tomó más tiempo entender. Todos estos años y un matrimonio por la borda para darme cuenta de lo que tuve y lo que mandé a la mierda. Muchos decían que no me habías podido olvidar, que Armando fue solo un alivio para no estar sola. Hoy quiero decirte que tenerte así todavía es mejor que no tenerte, que creo estar listo para el compromiso y que ambos sabemos que nunca querrás a nadie como a mí. Ahora puedo decírtelo. Puedo decirte que has sido la única desde que te dejé ir. Ahora puedo pedirte perdón y matrimonio y una vida. Decirte que todo esto ha sido tiempo perdido. Pedirte que lo dejes todo como me lo pediste a mí hace doce años y sé que aceptarás por egoísta que suene, porque lo nuestro sólo pasa una vez y nunca es tarde, ahora puedo decírtelo en nuestra mesa, en este bar de mil noches, puedo hacerlo mientras Máximo me sirve el otro trago y me comenta que llamó una mujer, que me mandaba a decir que no podía venir, que era mejor así, que la disculpara, que yo entendería y que sonaba muy parecida a Raquel, aquella muchacha hermosa con la que te ibas a casar cuando terminaras la universidad.

OTRO JUGUETE RABIOSO

El niño despertó tarde. Aunque era día de escuela, la fiebre lo había recluido a su cuarto por segundo día consecutivo. Levantó la cabeza de la almohada y la sintió empapada. Había sudado el malestar en la madrugada y ahora se sentía mejor.

Salió por el pasillo de la casucha. Los ronquidos de Silverio salían de la habitación de su mamá, pero el niño no podía escucharlos. Un brote de sarampión lo había dejado sordo cuando cumplió cinco. Ahora tenía nueve y se había convertido en un niño retraído y solitario.

Silverio vivía en la casa desde hacía un año. Era un hombre callado y decente, que se enganchó a guachimán cuando tuvo que cerrar su panadería en San Juan y venirse a la capital a probar suerte. Conoció a la mamá del niño y en pocos meses se mudaron juntos, pero para el muchacho todavía era un extraño.

Silverio dormía todo el tiempo. Llegaba a la casa a eso de las siete de la mañana y se iba directamente a la cama hasta que daban las tres. Entonces se bañaba y se cambiaba, hacía su única comida del día y salía a la banca a sellar las jugadas que se pasaría la noche entera pujando, radio con juego de Grandes Ligas en mano.

El niño se acercó a la mesa del comedor y encontró un plato tapado con su desayuno. Dos trozos fríos de plátano y un pedazo de queso frito que su mamá le había dejado antes de irse a lavar ropa a las casas donde trabajaba.

El niño se sentó en la silla y tomó el tenedor. Clavó el pedazo de queso y entonces la vio. Dejó todo en el plato y se acercó al pequeño tope de cocina. Cuando la tuvo frente a frente sintió miedo y emoción. Levantó un dedo y pensó en rozarla, pero no lo hizo. Silverio apareció entre la cortina que servía de puerta al pequeño cuarto, y con voz firme le habló.

"Dale, tócala".

El niño sintió su presencia y levantó la cabeza. Lo miró, incrédulo. Silverio le hizo señas de que la tocara.

"Que sí, ponle la mano".

El niño rozó el metal con los dedos y sintió un corrientazo que le recorrió toda la espalda. Sonrió.

"Todavía no le he tirao a nadie", haciendo señas de que no la había tenido que usar.

El niño pensó en sonreír de nuevo pero no lo hizo.

"Pero sé usarla".

El niño le dirigió una mirada vacía.

"¿Qué fue? ¿Tú cree que no?"

El niño lo pensó y le hizo señas de que no sabía.

Silverio la levantó y la tomó por la correa. Se la puso contra el costado, apuntó a un blanco imaginario y pretendió disparar. El niño lo miraba entusiasmado. Silverio fingió la explosión y el niño estalló en risas. Silverio también lo hizo.

Cuando terminó el simulacro, Silverio la colocó encima de la mesa y ambos se sentaron y en silencio compartieron los trozos de plátano y el pedazo de queso con el mismo tenedor.

Silverio nunca antes se sintió tan cercano al niño como en aquel momento.

"Sil-ve-dio…"

Silverio abrió los ojos pero no levantó la cabeza. Era la primera vez que lo oía decir su nombre.

"Dime".

El niño tomó fuerzas.

"Cuando tedminemos de desayunar…"

"Ajá…"

El niño tomó fuerzas de nuevo.

"¿Podemos dispadadla de veddad?"

Silverio se echó hacia atrás y habló despacio, exagerando las palabras.

"Pero es que no es un juguete…"

El niño entendió la intención y leyó la palabra juguete en los labios de Silverio. Bajó la cabeza.

"¿No quieres que compremos un helado mejor, Gabriel?" Lambiendo un cono imaginario.

"No".

Silverio recogió el último pedazo de plátano que quedaba y lo examinó como si fuese el fondo de un pozo oscuro y misterioso. Luego miró al niño a los ojos, se tragó el trozo de plátano, tomó un trago largo de agua de avena que había en un vaso frente a su plato y se levantó de la mesa, echándose la escopeta re-cortada al hombro.

"Camina", y salió al callejón.

Unos minutos más tarde, Gabriel dispararía un cartuchazo al aire. El retroceso lo tumbaría al piso, el eco resonaría en toda la cuadra y en su corazón. Escuchar ecos en su corazón lo haría sonreír. Saldrían corriendo hacia la casa y se esconderían en el bañito, riéndose hasta las lágrimas. Silverio tendría que explicar el cartucho faltante al supervisor y probable-mente le costaría el trabajo. Estaba bien. Quizás volvería a hacer pan, o conseguiría algo más cerca de la casa, en horas más humanas, horas en las que los niños y los adultos comparten y se vuelven cercanos, casi familia.

CURRÚ

Los anillos son de oro, dieciocho quilates. Por ese lado está tranquilo. Tiene los certificados en algún lado. Debió haberlos traído. Se hubiese ahorrado toda esta pérdida de tiempo. Nadie te empeña un juego de anillos sin haberlo chequeado y rechequeado una decena de veces, y eso toma al menos una hora. Hace mucho calor y el lugar está lleno de gente con problemas. La gente con problemas azara, ha pensado toda su vida, sin darse cuenta de que ahora era uno de ellos, de los que azara. Parado en una esquina, trata de no rozar a nadie, como si la miseria se pegara. Solo quiere su dinero y largarse de allí, así que pretende entretenerse viendo las vitrinas llenas de chucherías; de relojes y calculadoras y aretes y collares y cuchillos y lupas, todo apilado como una misma cosa, mientras el dependiente busca y mira y muerde y le da vueltas en la luz a las sortijas. La falta de confianza le ofende un poco. En este lugar lo conocen, y deberían saber que no es un delincuente. Ha venido varias veces en los últimos cinco años, desde que empezó su resbalón, su caída libre: desde que la suerte decidió secarse. La última vez que estuvo aquí empeñó un juego de cubiertos y un cuadro de Cándido Bidó por cincuenta mil pesos, todo original y certificado. Solo el cuadro valía más de trescientos mil, pero en una compraventa las cosas valen lo que la urgencia dicta.

El cuadro de Bidó ya no está colgado en la pared, los cubiertos siguen en la vitrina.

Luego de la validación del oro y de un largo ritual de negociación en el que amenaza con irse a otro lado, y en el que francamente lleva todas las de perder, el precio queda establecido: quince mil pesos. Tiene meses, años, de compromisos encima y un problema de juego que le ha costado su trabajo, su familia y su dignidad. Frente a todo esto, quince mil pesos son una ridiculez, una fracción de lo que pensaba que podía conseguir cuando los robó en la madrugada, cuando la mudanza ya estaba empacada, las paredes desnudas, los closets vacíos.

Los anillos son lo último que resta de su vida anterior y ni siquiera son suyos. Su anillo está empeñado y perdido hace rato, en este mismo lugar[7]. Los anillos son los anillos de boda de Elisa, que nunca ha podido ni dormir ni cagar con nada encima, y solo por eso se los quitaba y los dejaba siempre en la mesita de noche. De allí los tomó cuando Elisa aún dormía. Elisa que hoy en la mañana se ha regresado a casa de sus padres y se ha llevado a los niños con ella.

Mientras el dependiente empieza el papeleo, el hombre recuerda que compró los anillos en Joyería Brador de la calle El Conde en el año 2002, tres meses antes de la boda, cuando todavía trabajaba en el aeropuerto como gerente de una línea aérea gringa y ganaba en dólares y tenía miles de millas para viajar y el mundo se sentía fresco y lleno de oportunidades. El juego de anillo de compromiso y banda de boda le costó dieciocho mil pesos. Una pequeña fortuna en aquel tiempo, pero en esos años podía pagarlos. Todavía no había

---

[7] Elisa cree que los perdió en un asalto, junto a un celular Motorola y un reloj Timex que el hombre reconoce en la vitrina.

pisado un casino, no conocía de ruletas ni de Black Jack ni de Baccarat ni de dados. Todavía no mentía todo el tiempo, ni a todo el mundo, todavía los gerentes de hotel no le reservaban habitaciones con todo incluido para que se pasara el día entero allí, sin tener que ir a su casa siquiera a bañarse, a escasos metros de máquinas traga monedas y crupieres, lejos de la luz del sol y de la ciudad y del mundo de la gente libre. En el año 2002 todavía jugaba baloncesto y bebía cervezas para divertirse. Se afeitaba todas las mañanas y vestía de trajes y camisas almidonadas de lino. Elisa se quejaba de las cervezas y de que llegaba a casa sudado, hediondo y borracho, todos los martes.

De saber que a esos años terminarían llamándoles "los buenos tiempos", se hubiese quejado menos.

Elisa y el Hombre se casaron en febrero del 2003. Para la luna de miel, volaron en primera clase a Miami y tomaron un crucero por las islas menores del Caribe. El barco era gigantesco. Tenía diez niveles y doce restaurantes, cuatro piscinas y siete bares. Tenía teatros y bibliotecas, salones de café y tiendas exóticas.

En el centro de todo, tenía un casino que cubría la mitad de un piso.

Le pasaron por el frente la semana completa y nunca les llamó la atención. Estaban demasiado ocupados enamorándose, descubriendo sus cuerpos, tostándose bajo el sol del Caribe. El penúltimo día, cuando la luna de miel estaba a punto de terminar, cuando ya se habían acostumbrado lo suficiente el uno al otro, el hombre finalmente entró. Habían pasado una tarde maravillosa en Aruba y Elisa se había ido al camarote a recostarse, pero el hombre no estaba cansado. Caminaba por el Promenade cuando las lucecitas y los sonidos llamaron su atención. Entró y dio varias vueltas por el lugar con un Daiquirí en la mano, observando a los turistas abrir sus carteras, colocar sus fichas, ganar y perder y perder y ganar, entrar monedas y halar palancas una y otra y otra vez, sus ojos fijos, hipnotizados, clavados en las pantallas, en las cartas, en la bolita blanca que brincaba como palomita de maíz por toda la ruleta. Si hubiese estado prestando atención, salía corriendo de allí lo antes posible, pero no lo hizo. En cambio sacó veinte dólares y se acercó al Black Jack.

Todo el mundo sabe jugar Black Jack.

Se sentó al lado de un señor oriental que se escondía detrás de varias torres de fichas, y que se encargó de dirigir la mesa durante dos horas. Todos lo que tuvieron la fortuna de estar allí sentados salieron ganando. En su caso, tres mil dólares en solo dos horas. ¡Tres mil dólares y solo había sacado veinte!

Lo celebró en la cena, con un Cabernet del 1985 y un reloj Cartier que compró en una de las tiendas del barco para su esposa. Elisa brindó por su buena suerte, por su hermoso Cartier y por su nueva vida juntos. Mientras chocaban las copas y cenaban filetes y langostas, el hombre apenas podía contenerse y prestar atención. Asentía a todo y masticaba lo más rápido que podía. Se pasó la mano por la frente y estaba completamente mojada. No podía describir lo que estaba sintiendo: la angustia de no estar tranquilo en un lugar a pesar de que nada grave estaba pasando. Quería...no... necesitaba que la cena terminara. Necesitaba sentarse en la mesa de felpa verde y volver a sentir lo que sintió la primera vez que dejó la apuesta correr y apareció el As de Corazones Negros al lado de la Reina de Diamantes y todos en la mesa se sorprendieron y lo aplaudieron y lo felicitaron sin siquiera saber hablar español y todo fue una gran fiesta y tomó las fichas y las volvió una pequeña torre, como hacía el señor oriental que le había enseñado a jugar Black Jack en apenas dos horas.

Nadie sabe jugar Black Jack. En realidad, allí dentro nadie sabe jugar nada.

Después de la cena, Elisa se fue a ver un show de magia. Lo invitó a que la acompañara, pero el Hombre no tenía cabeza para más nada que no fuesen las cartas. Volvió al lugar y se sentó en la misma mesa, esperando ver su propio acto de magia, pero todo había cambiado. Las caras, amables unas horas antes, lucían serias y apagadas, los croupieres mecánicos y fríos, enviados con la misión de recuperar con intereses lo entregado en la tanda de la tarde. El señor oriental, bañado y vestido con un sobrio traje oscuro, jugaba póker en una mesa privada. Las fichas ahora eran negras y leían mil y llegaban al techo. El oriental miraba las cartas como si fuesen un acertijo, tanto así que ni siquiera levantó los ojos cuando el Hombre se acercó y le tendió la mano para saludarle.

De los tres mil dólares que había ganado, el Hombre devolvió dos mil seiscientos en menos de una hora.

Todo pasó rápidamente, sin ceremonia y sin testigos. Las cartas que habían caído con facilidad en la tarde ahora no aparecían. El croupier le tenía mala voluntad. Debía ser eso. Se preguntó dónde estaba la dealer rubia que le daba cartas ganadoras y que lo felicitaba cuando el Hombre hacía Black Jack. La alcanzó a ver repartiendo los dados en la mesa del fondo. Se miraron un segundo y la chica tampoco lo reconoció. Llegó a preguntarse si lo de la tarde realmente había sucedido. Se echó una carta con catorce, y le tocó un diez. La mesa completa le reclamó agriamente la jugada, y el Hombre se sintió novato y miserable. El croupier retiró sin remordimientos los últimos cien dólares que le quedaban en frente, y el Hombre se paró de la silla y caminó hacia la puerta.

Mientras caminaba por el barco, hizo las matemáticas. Todavía estaba arriba con cuatrocientos dólares. Lo mismo que le costó la botella de vino. Le hubiese regalado el reloj a Elisa de cualquier forma, así que se sintió empatado y conforme. Los sudores habían desaparecido, y la angustia quedaba satisfecha. Buscaría a su esposa en el bar, se tomarían una copa de despedida, y se irían a su camarote a dormir su última noche en el barco. Quizás harían el amor y hablarían un poco más sobre su nueva vida. Buscó a Elisa por todas partes, cayendo en cuenta que se había ido a acostar. Abrió la puerta del camarote y allí estaba, bajo las sábanas. Miró el reloj: eran apenas las doce. La última noche en alta mar, y no tenía ganas de quedarse durmiendo. Cerró la puerta, y deshizo sus pasos. Diez minutos más tarde, pasaba la tarjeta de crédito a una cajera noruega que a su vez le devolvía un voucher por quinientos dólares en fichas.

"¿Cómo los quiere?"

El dependiente que termina el papeleo y le pregunta sobre el dinero.

"¿Qué?"

El Hombre lleva rato perdido en un recuerdo.

"Los quince mil, ¿cómo se los lleva?"

El Hombre regresa a la compraventa.

"Dámelos en billetes pequeños. De a cien".

En la compraventa están acostumbrados a la petición. La gente parece pensar que así rinden más, por eso siempre tienen papeletas de cien y doscientos a mano. Así el Hombre se lleva ciento cincuenta papeletas de cien pesos en el bolsillo, se compra una cerveza grande en el colmado de la esquina y dobla las papeletas que le quedan varias veces; el bulto que hacen en sus pantalones le da confianza, haciéndole creer que los quince mil pesos son una pequeña fortuna, un nuevo comienzo, la oportunidad de recuperarlo todo.

El plan estaba pensado para treinta mil pesos, pero tendrá que hacerlo funcionar con quince. Para la entrevista de trabajo, una camisa, una corbata y unos pantalones de paca suman mil ochocientos pesos. Conectar la luz de la casa y remendar unos zapatos son otros mil doscientos. Un paquete de data al celular, otros doscientos. Quinientos más para moverse y cuatro mil para pagar unas cuantas cosas en el comercio del vecindario. Todo lo demás tendrá que esperarse. Su familia, Elisa. Recuperarlos. Eso es lo primero. En poco tiempo buscará en la compraventa los anillos y con ellos en el bolsillo les pedirá que regresen. Empezará desde cero. Conseguirá el trabajo. Su hermano le debe otra oportunidad. El Hombre le pidió una entrevista formal y eso lo hace ver bien. Ya no tiene más ganas de casinos. Quiere formar parte del mundo de los vivos, quiere ver a sus dos hijos crecer y saber que están orgullosos de su padre. En poco tiempo estará de vuelta. Le sobran ocho mil pesos. Irá a aquel lugar y desde afuera mandará a llamar a los prestamistas y les dirá que eso es lo que hay. Ocho mil pesos. Se quedará afuera, en el parqueo del hotel con las manos en los bolsillos y los prestamistas le dirán que entre, que ahí afuera hace mucho calor. Sudará un poco, tratará de resistir y terminará asomando la cabeza para pedirles que salgan. Si ellos aceptan les repartirá los ocho mil pesos y se irá a su casa, pero ellos no aceptarán. Les debe mucho más de ahí. Les debe mil veces eso. Entonces el Hombre se convencerá que afuera ocho mil pesos no dan ni para empezar, pero que adentro, detrás de aquellas puertas, en el aire acondicionado, allí en la penumbra, ocho mil pesos son fichas, son números, son colores.

ÍNDICE

ÍNDICE